域外故事会 第三辑

THE HIGHLIGHTS OF FOREIGN POPULAR FICTION

NO CASE FOR THE POLICE

无须立案

［英］克林顿·巴德利——著

焦子珊——译

上海文艺出版社

上海故事会文化传媒有限公司

名家导读

/吴宝康

吴宝康，博士，上海海关学院外语系退休教授。英国皇家特许语言家学会中国分会专家委员会委员，上海对外经贸大学澳大利亚研究中心校外研究员，上海市翻译家协会会员，上海市外文学会会员。澳大利亚墨尔本乐卓博大学访问学者和澳大利亚悉尼大学访问学者。

《无须立案》(No Case for the Police)系英国作家 V.C.克林顿·巴德利 (V. C. Clinton-Baddeley)出版的第四部谜案小说。小说中，任职剑桥大学的戴维博士回到故乡参加了发小罗伯特的葬礼，而后承担了处理罗伯特遗稿的工作。无意之中，他发现了罗伯特的一个笔记本，上面记载了故乡发生的一桩意外事故，警方也是如此认定。但罗伯特显然看出了其中的蹊跷之处，可惜未及详加细述，便已撒手西去。于是，戴维博士出于好奇，依据老友仅留的一些叙述，悉心探究，几经曲折，最终发现这竟然是一起谋杀案！

小说作者 V.C.克林顿·巴德利 (1900-1970) 出生于英国德文郡的巴德利索尔特顿 (Budleigh Salterton, Devon)。他在剑桥大学耶稣学院获得了历史学硕士学位。毕业后，他先后当过伦敦知名的剧作家，也当过演员，又是作家。

V.C.克林顿·巴德利于1968年出版了一部名为《我的敌人横卧于树下》（My Foe Outstrech'd Beneath the Tree）的谜案小说。小说出版后大受读者欢迎，在大西洋两岸反响热烈，好评如潮。例如，在美国，《图书世界》认为克林顿·巴德利的小说是"彬彬有礼的惊险小说，别具无与伦比的魅力、写作风格和机智幽默"，并将其列入当年出版的100部最佳小说。多萝西·B.休斯（Dorothy B. Hughes）在《洛杉矶时报》上盛赞"克林顿·巴德利具有最杰出英国人所展示的才智，以及文化和学术的成就，而这一切使其成为作家中的佼佼者之一"。而在英国，《书刊与读者》则赞誉克林顿·巴德利的小说"……时时闪现出风趣睿智和散文风格，带来了阅读的愉悦感"。安东尼·勒琼（Anthony LeJeune）在《简牍周刊》上更是认为"就文明的娱乐性作品而言……克林顿·巴德利确实是无与伦比的……他现在却写出了比英纳斯先生更棒的迈克尔·英纳斯式的侦探小说"。所有这些纷至沓来的赞誉奠定了V.C.克林顿·巴德利在谜案侦探小说领域里的地位。

第二部谜案小说《利箭追凶》（Death's Bright Dart）同样引人入胜，吸引无数读者的关注。紧接着他又出版了《时间问题而已》（Only a Matter of Time），由此开启了克林顿·巴德利的谜案系列小说，并成功地塑造了业余探案专家戴维博士的形象。

第四部谜案小说《无须立案》的出版则进一步丰满了戴维博士作为业余探案专家的形象，使之更加具备令人信服的魅力。难怪该小说被称为"富有吸引力的谜案故事"。弗朗西斯·埃尔斯（Francis Iles）在《卫报》上评论说"读者从巴德利先生那里所获得的益处远超这个美妙故事本身，而尤其让我感到高兴的是，作者对充斥当时社会的种种愚蠢言行所作的强烈反应"。埃德蒙·克里斯宾（Edmund Crispin）在《星期日泰晤士报》称赞小说"有着出人意料的巧妙结尾……描写得令人着迷……"

一如V.C.克林顿·巴德利的叙事风格，整个故事的叙述口吻从容不迫，娓娓道来，毫无急促之感，但谜案的线索遍布全书。然而，值得注意的是，本书与先前几部谜案小说的特点有所不同。在《无须立案》中，戴维博士探究案情的过程更显得轻松悠闲，似乎是旅游观光，却能同时以其敏锐的观察力，从常人忽视的种种细微之处一点一点地获得对其原先判断的证实。比如，注意到某家的门柱上的顶石松动这类事便是一例。但他如何在不经意之间，不露痕迹地做到这一点的呢？

此外，他凭借对家乡地形地貌的熟悉，数次实地勘察案发地点和与案情相关的地点，这既是故地重游，缅怀少年岁月，又是搜集物证，可谓一举两得。功夫不负有心人，居然让他找到了在常人眼中平淡无奇的一件关键物证。但究竟是什么样的平凡物件会入他的法眼呢？原因何在？

当然，戴维博士毕竟擅长逻辑推理，所以，在故事中，他自然就体现出其一贯的推理分析能力，让读者随着他探究案情的步步深入而体验其条分缕析的思维方式，从而领略到逻辑推理的独特功用和无穷魅力。

　　最后有个问题，既然最终证实为一桩谋杀案，推翻了警方的认定，却又为何无须立案呢？

　　各位读者，让我们一起开启阅读之旅，在阅读之中，明白个中缘由，体验一番阅读的乐趣吧。

Contents

回乡祭发小 意外察端倪

一

突然，松林间出现了下坡。公共汽车将毛地黄丢在身后，开始向村庄驶去。远处隐约可见的大海消失在山谷后。当他穿过铁路桥——废弃的铁轨已经杂草丛生——这时，戴维知道他到家了。

首先出现的是松林，接下来是山毛榉树林。随后，当道路在山脚下变得平坦时，第一栋房子和一个用来欢迎游客的标志牌出现了，上面写着"欢迎来到蒂德维尔·圣彼得"。

戴维对此有些疑惑。自他记事起，在这座村庄，游客们从来也没有受到过任何欢迎……除了那些为村里服务的人。回到六十年前，那时汽车还很少见，飞机尚未被人知晓，这个地方一直是退休上校与他们的夫人小心翼翼保留下来的常去之地。这些人在西姆拉留下了东方的辉煌生活、戴着头巾的仆人、为有需求的人提起军用行李箱的大象、猎虎、马球、网球和一些业余的戏剧。他们不知何故，在更加贫困的地区，设法在松林和杜鹃花丛中过着有尊严的生活。在更为蔚蓝的天空下，他们主要关心的仍然是球类（高尔夫球、网球、板球与槌球）的推进。事实上，更为离奇的是，受到德雷克传说的启发，人们对这片被赋予偏见的树林有了一些了解。蒂德维尔·圣彼得依旧是尊贵老人的退休养老之地，在行政堂区，依旧可以听到各种球在球网、沼泽、沙坑、荆豆丛与石楠丛中被击打、落下的声音。但背景已然不同了。现在，人们对奈尼塔尔和白沙瓦的记忆越来越少，他们更多记住的是曼彻斯特与戈尔德斯格林。

现在，道路两侧伫立着房子和花园，右边是高尔夫球场，左边则是一片松林。道路继续向下延伸，最终到达海边。

当然，它被人为改造了：有了更多的房子，但也不是很多。大多数的老房子似乎还在那里，尽管有一些已经被拆除，由公寓取代其位置；右边有园林苗圃，就像从前那样。

再向左转，便通向戴维家的老房子。在主干道上是看不到那里的，但他毫不费力就能看到他六十多年前在那里穿着荷兰亚麻布围裙在街上闲逛的样子，丝毫没有被什么东西撞到的危险。

更多的房子和花园——右边是陡峭的排屋山——这时，公共汽车在大冬青树旁向左急转弯（还是在那里！他从未希望如此），在村庄的礼堂旁停了下来。这里是路程的尽头，旅客们都会在人行道上下车。戴维是最后一个下车的，他没有认出任何人。这正是二十年后来迎接他的地方。

他在那里等了几秒，环顾四周。车道对面伫立着竞争厅、福音厅与红砖，它们朴实无华，没有一块石板摆得乱七八糟，没有一片月桂叶缺失。亲爱的上帝！那些圣公会的人曾经是如何歌唱的！很久以前，戴维是个对英国圣公会有偏见的孩子，他认为这些热切渴望着听到新耶路撒冷声音的人很滑稽。但现在，他不再这样认为了。

他拿起行李箱，穿过车道，往回走了一百码，向左转向乡道。他走在人行道上时，已是傍晚时分，周围几乎没有人，夕阳落在他背上，他长长的影子(这是礼拜仪式上的说法)"阻止"了他。"阻止并跟随我们，主啊。"他想知道，这些审校的混蛋对这首歌做了什么，随后，他在一家外墙贴着油纸的蔬菜店前停了下来，店里到处是虚假的小塑料牌，上面写着"特选"与"今日新到"。现在，情况变得更糟糕了。是那家商店，就是那家商店，维奇老太太和她的两个女儿总是在那里存放着一堆堆精美的蔬菜，而且还会售卖用玻璃弹珠塞住的瓶装柠檬水。必须用一个特制的开瓶器将弹珠推到底部才能够打开，如果没有这种特殊的开瓶器，就必须用拇指推。或者如果你岁数并不是很大，也可以找维奇太太帮忙把瓶开好，但这就意味着要非常小心地把瓶子带到海滩。戴维想知道，这种瓶子，里面有着淡绿色半透明液体的瓶子，还存在吗？还是它只是另一件被历史遗忘的事物呢？那些东西是博物馆应该收集的事物，他们可以收集，却很少这样做。当有人发现一个伊丽莎白时期的酒瓶时，就会大惊小怪！好吧，接下来……

一辆汽车路过，映在窗玻璃上，把他拉回到了现实。维奇太太已经去世三十年了。在商店的后面，他可以看到几听可口可乐。

从窗口转过身，他继续沿人行道走着，左边是车库，再往前走，向右便是奥特里·阿姆斯旅馆，它看起来装修得漂亮了一点，大了一点，但本质上还是那样。他穿过车道，穿过前院，走上台阶。他到了旅馆。

十五分钟后，他签了字，找到了自己的房间。他穿过花园，走到低崖边的小路上，悬崖很低矮……很低矮，不过，它会向右上方陡峭地延伸，通向灯塔。

在这下面，海湾被一个海滩环绕着，就是那个著名的石滩。

很久以前，有一个长满草的斜坡，它几乎一直延伸到海边，但早在十九世纪，由于一场巨大的风暴，英吉利海峡下面的石头被冲到了这里。这些石头又圆又平，像张开的手掌那样大，与邻近海湾的其他石头完全不同。蒂德维尔·圣彼得的人们用这些石头来建造他们的花园围墙，给他们的花坛镶边，或者单独作为门当。人们只能在海滩上找到这些石头，它们不在砂岩悬崖上，也不在内陆暗红色的土地上。最重要的是这片海滩保护了这个村庄，让它远离旅行者。人们不能在石头上赛跑、打板球，也不能使用水桶和铁锹。与其说是村里的人，不如说这个村庄自身就是排外的。

　　戴维沿着小路左转，走到了商业街。不久，他来到了宽阔的防波堤上，防波堤末端雕刻成蘑菇的形状。几百年来，孩子们一直在防波堤上奔跑。英国伦敦皇家美术学院的安布罗斯·法德尔也让它成了一堵著名的墙，在他那幅长年广受欢迎的画作《海之诸子》中，四个维多利亚早期的渔家男孩坐在那里，摇晃着他们挑逗的脚趾，听老渔夫讲述特拉法尔加的故事。《海之诸子》曾于1880年在学院展出。一些年长，但也没有那么老的渔民声称他们是画中人的原型，这都是绝妙的废话。然而，任何了解蒂德维尔·圣彼得当地家庭的人都可以很容易地追溯到一些相似之处。在车库工作的乔治·彭吉利就和安布罗斯·法德尔那幅杰出画作中的长脸男孩长得一模一样，画中的那个男孩很可能就是乔治的祖父。

　　戴维坐在一张绿色长椅上，望着商业街对面的海滩。小船、捕龙虾笼、绳子、起锚机、一排排隐蔽的海水浴场、一些晚来的游泳者。

还有海鸥，到处都是海鸥。此外，在宁静的海湾中有两艘小船，这几乎是他能够记起的一切……除了一件事。很久以前，这里有六台更衣车。这些"机器"——没有人认为这个十八世纪的词有什么奇怪的，它们的确是十八世纪的概念，装有两个巨大的轮子，最初人们打算用一匹马将它们拉到海里。乔治三世正是乘坐这样的机器进入普利茅斯的大海的，旁边的更衣车上演奏着《上帝保佑国王》，这是很适合皇家冒险的音乐。这些蓝色和白色的机器多年来一直装点着蒂德维尔·圣彼得的海滩。现在它们已然不复存在了。那么，究竟发生了什么？这是他一贯的抱怨：一台"机器"，一片社会历史的真实碎片，已经随着潮水一起消逝了。

六十年前，戴维可以看到自己和罗伯特从一台更衣车中出来游泳。

罗伯特！在过去的半小时中，熟悉的景象转移了他的注意力。但罗伯特的确与所有的景象都有联系。更衣车中的罗伯特身材消瘦，棕色皮肤。海中的罗伯特就像鱼那样干净。罗伯特穿着他的蓝色运动衫，他穿着的一直是一件蓝色运动衫。那天，他穿着一件蓝色的运动衫，带着戴维在他祖母的巴斯椅上兜风——那是个三轮的编织物。如今，已经看不到这些东西了，除非你还在巴斯。他们把那椅子带到格伦贝尔高地的顶上，在那里，他们无视机械定律，以越来越快的速度向山下滑行，最后滑到沟里。罗伯特的祖母非常生气，但更多的是因为她的椅子受损，而不是她的孙子受伤。

罗伯特，是戴维早期记忆的主要人物。罗伯特，把他的鱼肝油倒出窗外；罗伯特，借助煤气喷嘴，引发了不可思议（和令人难以置信）的 110 度高温；罗伯特，在卡德莱的湖中放出"深水炸弹"，并意外让他的第九任，也是最后一任家庭教师曼格小姐掉入水中。戴维现在也能想起曼格小姐，她当时从水中出来，就像波浪中的阿芙罗狄忒[1]，浸湿的头发上还沾了一朵睡莲。

爬树的罗伯特；射杀兔子的罗伯特；松林中的罗伯特，向惊愕的戴维（12 岁）传授他最早关于生活的一些错误信息。戴维一直对此持反对意见。当然，核心观点看起来并不固定。每当说完一个他不认同的观点，罗伯特都会阴沉着脸说："人不能那样做。"而戴维并未对此做出回答。

罗伯特……

突然，天气好像变冷了。太阳下山了，游泳的人离开了大海。戴维看了一眼手表，已经七点多了。他又坐在那里盯着大海看了几分钟。随后，他心中仍想着罗伯特，沿着悬崖小路走回旅馆。在花园栏杆附近，

1　阿芙罗狄忒：随着海浪的起伏，在贝壳中出现的女神，被称为"至美"女神，也被称为"爱与美的女神"。

一个孩子正把面包扔出去，投喂一群洁白的海鸥。

戴维打开门，沿着玫瑰花间的小路走着。

阳光休息室的门敞开着。在一张玻璃桌上，放着一份晚报，摊开的部分是八卦专栏——署名为"威斯敏斯特"的专栏，那个笔名，令人厌恶地熟悉，那么多的"我"，以及"我"保留下的那些名人不准确的轶事。"我记得已故的罗伯特·卡西利斯爵士的一个有趣的故事"，威斯敏斯特专栏开头是这样写的。

戴维坐在一把椅子上，招呼一位路过的服务生。"请给我一杯威士忌和一杯水。"但他心里却想道：那个作者只记得已故的罗伯特·卡西利斯爵士的一个有趣的故事，是吗？……我却记得一百个。

二

一百个故事……但那些几乎都是罗伯特小时候的事情：穿着蓝色运动衫的罗伯特，读大学前的罗伯特，在剑桥读书的罗伯特。毕业后，他们就选择了不同的方向。戴维留在剑桥，罗伯特去探索地球上最遥远的角落，他起初参与掌管一个帝国。可是，罗伯特·卡西利斯从不能忍受被人命令做事。他有着极强的意志，远近闻名的暴脾气，以及迫切需要找到某些他重视的问题的答案的急性子。在这个时代，那种人攀登高山或者寻找极地地区，在道德上受到政府的支持，在经济上受到报纸的支持，还奇迹般地受到广播支持。罗伯特·卡西利斯以另一个世纪的方式行事，创造了传奇。他在消失这个方面有一种神秘的天赋：他对穿越沙漠、在丛林中迷路、在婆罗洲与猎头公司交易，或者在西藏山寨中与僧侣交谈都颇具天赋。到他四十岁时，报纸把他与理查德·伯顿爵士相提并论。两人同样都是机智、神秘、脾气暴躁的人，都曾冒过死亡的危险。卡西利斯确定，伯顿或许已经见识过流血了。而且，那些血并不是他自己的。

因此，在这四十多年，罗伯特经常在亚洲的某个地方，而戴维通常是在欧洲某地，曾经生活在对方世界中的他们，只在极少的几个场合见过面。他们之间的感情从未发生改变，但还是不可避免地失去了一些东西。就像钢琴需要练习那样，友情也是如此。后来，罗伯特带回了他的妻子，戴维看到她时，就知道她是个悍妇，并且意识到了他们三人待在一起非常不合适。

埃塞尔·卡西利斯是个势利小人，而且很善妒。在聚会上，她总是把丈夫置于自己的视线范围之内，如果他和任何一个人谈话太久，尤其是如果他看起来很开心，她就会特意穿过房间，通过简单的加入来打破这种关系。这不仅仅是针对算计和危险的女人，埃塞尔对男人也同样嫉妒，尤其是对罗伯特的老朋友。她用一种嫉妒的眼光看戴维。她不理解戴维开的小玩笑，因此，她在谈起戴维时，总是用轻率且具有防御性的讽刺口吻来谈论。"你的朋友，那位教授，"她会这样开始说道，"不是个教授。难道不是吗？他表现得多像个教授。我真可怜啊！我担心自己根本比不过他。"

没有人理解罗伯特为什么娶了埃塞尔。一天晚上，在希腊群岛的某个地方，当她从码头走下意外淹死时，每个人都很同情她，但也暗暗松了一口气。在多数人看来，埃塞尔·卡西利斯掌控着罗伯特的生活。不过，人们往往不会从经验中吸取教训。如果他摆脱了一副枷锁，可以预见的是，他还会不可避免地为自己套上另一副枷锁。罗伯特遇到了艾琳。

戴维在伦敦见过艾琳两三次。她温柔甜美，看起来对任何男人来说都是个极好的妻子。可是，她三十岁，罗伯特七十岁。这似乎不太合适，对那种女人来说尤其不合适。这看起来并不保险：她怎么能对罗伯特那个年纪的男人感到满意呢？然而，他们的婚姻看起来幸福美满。罗伯特一直特别开心，他们度了一年蜜月，环游世界，最终回到家中……他们的家在都铎王朝的一处极好的遗迹，即卡德莱修道院。透过杜鹃花丛的空隙向下望去，能够看到百合湖边的垂柳。大约在六十年前，罗伯特在这里用鱼雷袭击过曼格小姐。从辉煌的生活中退休看起来是正确的。可现在，仅仅六个月之后，这种生活就结束了。除非她生一个罗伯特的遗产继承人（戴维并不知道她怀孕的消息），否则遗产会归一个堂兄所有。不过，即便如此，艾琳也会很富有。

喝威士忌时，他一直处于回忆之中。故事的其余部分还有待发现，他只知道葬礼在明天，他是罗伯特的遗稿管理人，必须要将他的遗稿从头到尾读一遍。

他奋力从椅子上站起，走进了餐厅。在一个海滨小村庄的好旅馆，有很多可以称道的东西。比如，龙虾，是那种在海湾中抓到的龙虾。

当它被端上餐桌时，它的味道就像是龙虾应该有的味道，连蛋黄酱都很对味。他曾担心这是瓶装的清漆，然而，并非如此，这是用真正的油和真正的蛋黄做成的。它甚至是用柠檬汁，而不是动物醋制成的。

戴维当即授予奥特里·阿姆斯旅馆三颗星的评分。

三

半小时后，他坐在外面的休息室中，这个有玻璃门的房间可以直通花园，看着其他房客，他们弓着背，坐在玻璃桌周围的圈椅上，喝着他们平常喝的咖啡。这对消化不好，也不利于睡眠，却是人们惯常的做法。他注意到，每个人年纪都很大了。年轻人都去搭便车穿越欧洲了。现在是七月，属于旅行旺季，但来这里的游客平均年龄六十五岁。没过多久，那些人就合上小说，放下《伦敦新闻画报》，卷起手里的针织品,蹒跚地走向电视间或是感激地躺在床上。这两件事戴维都做不到。

他在等一位客人的到来。"原谅我不能说更多，"艾琳在信中写道，"唐纳德会在晚饭后拜访你。"唐纳德？戴维不知道唐纳德是谁，但听起来是个年轻人。如果他年龄大一点，艾琳会称他为"唐纳德·X"或"我的表哥，X上校"。但称呼是唐纳德，只是唐纳德，说明肯定是个年轻人。

在等待过程中，他沉迷于《乡村生活》的广告。他应该花四万英镑买下占地十英亩，场地充足的枫叶农场呢？还是要更明智一点，买下莫斯庄园呢？广告里并没有对它做过多详细的介绍，只说它是一座"气势恢宏的格鲁吉亚式住宅，可以俯瞰公园般的景色"。"公园般的"这个词很有趣。如果这片场地像个公园，为什么他们不准确地说它就是个公园呢？最终他决定以三万英镑的价格买下克洛布庄园，一方面，是因为它的名字；另一方面，是因为它亚当式的装潢。正当他做好决定时，他听到服务生在门口说："戴维博士在那里，先生。"

戴维的想法是正确的。唐纳德是个年轻人，他约莫二十几岁，高个子，黑皮肤，有着淡褐色的眼睛。他穿着牛仔裤和皇家蓝色的高翻领毛衫。

戴维站起来迎接他，并向服务生示意等一下。

"我想，你是唐纳德，"戴维说，"实在抱歉，不过，我不知道其他的信息。"

"布莱德，唐纳德·布莱德。"

12

“你要喝点什么？”

“谢谢，您要喝什么？”

“我是恶魔威士忌的受害者，”戴维说，“那你……”

“那我也喝威士忌。”

“还有水？”

“当然。”

“请给我一杯水。”戴维对服务生说，“要水就对了，请坐。”

“您想知道我是谁？”唐纳德说。

“我一整天都在不停地想这个问题。”

“我是个司机，”唐纳德说道，“我只是……来见您的。”

“但是我没说过我什么时候要来。”

“是的，卡西利斯夫人要我来拜访您……告诉您一切事情……我的意思是，关于时间安排。”

“请告诉我。”

“葬礼在十一点，在教堂。当然，不在这里。”

“在西蒂德维尔？”

“是的，那里有一个家族墓地。”

“我记得。”

在随后的沉默中，戴维继续回想着。他喜爱这座十四世纪的教堂，它有圣坛屏、倾斜的小窗和雕花的长椅，墙上挂着许多卡西利斯家的纪念碑，特别是在小妇人礼堂占据太多空间的那座"罗伯特爵士，1690-1761"纪念碑。罗伯特爵士全副正装打扮，尤其是他巨大的假发，更是栩栩如生。碑文上宣称，他一直是个忠诚的丈夫，受到孩子们的尊敬。他为人虔诚、公正且仁慈，受到承租人的爱戴。在他的脚边，一个女人蹲伏在一个破瓮前，罗伯特爵士却凝望着天空。在那里，一群欢乐的小天使急切地指引他去往更高的欢乐之处。很明显，如果不是因为要长时间起立鼓掌，罗伯特爵士来到这里会受到热烈欢迎。

门廊之外有一棵高大的紫杉树。教堂墓地的墙外有一片果园，在春天，苹果花、黄水仙和樱草花都会盛开，这景象美不胜收。

"葬礼结束后，卡西利斯夫人希望您能来吃午饭，"唐纳德说，这打断了戴维的回忆，"她说，如果可以的话，您下午可以在书房看手稿。"

"我很乐意。"

服务生端来了两杯威士忌，这个打断似乎让年轻人松了一口气。唐纳德并不擅长谈话，到目前为止，他都没有透露任何戴维想知道的事情。

过了几秒钟，戴维说道："请告诉我，那件事是怎么发生的？我什么都不知道。"

"艾琳没有告诉您吗？"

（艾琳？）

"没有。"

"罗伯特在睡梦中死去，死因是冠状动脉硬化。这没什么好说的，没有任何好说的。"

不过，戴维对这个用教名称呼自己雇主的年轻人还有另一个问题要问，戴维无法拒绝他自己的好奇心。

"所以你是司机？"他问道。

唐纳德·布莱德有点不好意思地笑了笑，低头看着地板。

"是的。不过您看起来好像很吃惊。嗯……艾琳的父亲是我父亲的二表哥。当她和罗伯特从国外回来时，我们在伦敦偶遇了。我那时候正处于写作的低谷。她询问罗伯特，我是否可以住在他们从来不用的东侧门房，我给他们当司机养活自己。罗伯特同意了。从此以后，我一直在做他们的司机。"

"这两件事，你做得还顺利吗？同时把两件事做好，会很困难。"

"如果没有计划，那是很难。但如果起得足够早……"

"像特罗洛普[1]那样，他在早饭前写书。"

"如果那样做或者做类似的事情，就可以。"唐纳德从椅子上站起来，

---

1   安东尼·特罗洛普（1815-1882）：英国作家，代表作《巴彻斯特大教堂》《巴彻斯特养老院》等。

15

说道，"感谢您的酒。我想我应该离开了。明天车库里会来一辆接您的专车，我预订了十点四十的车。"

"谢谢你的到来。"

戴维送他走下旅馆的台阶，看着他钻进一辆低矮的红色敞篷跑车。随后，他没有向唐纳德道晚安，而是问道："你在写什么？"

"我正在努力写一本小说。"

"努力是很好的，它不应该被轻视。只有机器会觉得那种事情容易做到。"

"我有强烈的赚钱愿望。"

"那也没关系。金钱是所有舒适的根源，只有圣保罗认为爱钱是件坏事。关于这个问题，他有着令人遗憾的误解。晚安。"

唐纳德·布莱德笑了。他挥挥手，向左驶去，车像火箭那样轰鸣着冲上了主干道，戴维看着他消失了，他自己也向左急转，沿着旅馆旁边的小路走到了悬崖边。

真是个奇怪的年轻人，他想道。不是没有吸引力，而是很害羞，难道不是吗？或者，他很紧张。

悬崖上很温暖，微弱的西风轻拂着。月亮升起，将海湾染上条条银灰色。除了海浪拍打海滩那有规律的声音之外，没有其他声音。海浪退去时，将石头也拖了回去。潮涨潮落，潮涨潮落，他就是听着这

16

个声音长大的。他想道：哦，是的，老马修·阿诺德[1]在多佛听到了海浪声，索福克勒斯[2]在爱琴海也听到了海浪声，但他们都没听过像这样的海浪声，不是海浪拍打岩石的声音，也不是浪花拍打鹅卵石的声音。

两英里外，沙洲上的航标响起钟声，那声音听起来很忧郁。

他向右转去，开始沿着陡峭的悬崖小路向上走。"悬崖危险。"警告标志牌上这样写道。它们一直都是这样。他能够看到过去熟悉的那些小路已经断裂，现在被埋在石头下面，砸得粉碎。

在通往灯塔的半路上，悬崖顶端的道路有好几百码都很平坦，最后却形成了一条深深的裂缝，在那里，一条小溪一直在忙着切割出入海的道路，已经持续了几个世纪。峡谷就像它为人称道的那样，是一条位于荆豆、黑刺莓与黑刺李之间的光滑下坡，它通向海滩，却是条很危险的路。很久以前，人们在砂岩之中开凿出一条之字形道路，在一个缺口那里架设了小桥，并在下山路上铺设了一些台阶。当戴维还是个孩子时，他就经常来到这里，与罗伯特一起去游泳探险。但这条路年久失修，很少有人走了。不过，在接近崖顶的地方仍保留着几个

1　马修·阿诺德（1822—1888）：英国诗人、评论家，代表作《文化与无政府主义》《多佛海滩》《吉卜赛学者》等。

2　索福克勒斯（约公元前 496—前 406）：古希腊悲剧家，代表作《俄狄浦斯王》《安提戈涅》等，与埃斯库罗斯、欧里庇得斯合称为古希腊三大悲剧家。

隐蔽得很好的座位，在蒂德维尔·圣彼得，热恋中的年轻人对此也并不陌生。戴维沿着下山小路走了一会儿，坐在其中一个座位上。他的周围一片寂静，没有其他声音，只有海浪声，以及从沙洲传来的悲凉钟声。

这里曾是走私者运货的道路。当唐纳德提到西蒂德维尔时，戴维想起了蒂德维尔·圣彼得的走私者。现在他又想起了他们。在他还是个孩子的时候，这段记忆总是让他感到开心。在大概一百五十年前，蒂德维尔·圣彼得曾是著名的走私者海滩。在牧师的保护下，安静的西蒂德维尔教堂是他们最佳的走私物藏匿地。教堂墓园中有一些高高的长方形砖砌墓穴，以及曾经藏着走私物品的木桶。在仁慈牧师的亲自指导下，它们被堆放在门廊上方的防卫墙后面。牧师老斯台普顿已经在此待了五十八年，直到他去世。他也在牧师住宅的墙壁后面，在一个不为人知的秘密房间中藏匿了相当多的走私物品。房子依旧在那里，但现在它不再是教区牧师住宅了。后来的牧师不知为何，从这幢漂亮的老房子搬到了一幢丑陋的维多利亚建筑中。优秀的老斯台普顿！唉，远处邪恶的声音听起来如此浪漫，令人兴奋。不过在那段时间，走私者与税务官一旦相遇，就会有人被杀。他们带着违禁品，从海滩爬上悬崖，有时从更西边的小海湾，有时沿着这条路，穿过整个村庄到达西蒂德维尔。蒂德维尔·圣彼得的几位绅士很乐意将他们的小马借出，让那些人骑着马远征探险。

邪恶，戴维又一次告诉自己，是一种远距离的浪漫。接近邪恶的是邪恶本身。我们不会认为卡车劫犯是浪漫的，我们也不觉得在机场被捕的瑞士手表走私者会受人欢迎。这是截然不同的。以前的走私者都是当地人，例如警察、水手、医生和牧师。他们都违法了，却都认为自己是正当的。该死……这可真是太浪漫了。

当他回到奥特里·阿姆斯旅馆时，已经很晚了，快到十点四十五分了。这可真是漫长的一天，他很快就躺在了床上。他不想读任何一本书。因此，他关了灯，静静地躺着，听着海浪声，思考了一点关于马修·阿诺德、索福克勒斯和老斯台普顿的事。还有儿时的罗伯特，他躺在鹅卵石上，随着浪花涨落，涨落。不一会儿，他听着那声音睡着了，直到早上七点半，罗斯叫他下去喝茶，他才起身。

茶有点浓，有一点冲泡过度的感觉……就像旅馆中通常的早茶那样。大概是放在走廊中耽搁了，戴维博士想着，迷迷糊糊地注视着窗框中方形的云彩。他很高兴地看到，它们正在以适中的速度移动着，不像现在剧院中人们喜欢的那些疯狂投影那样快。

他更加清醒了，开始考虑这一天的烦恼。谢天谢地，华丽葬礼的时代已经成为过去……羽毛、绉纱、黑手套和寡妇的丧服都已经过去了。他只记得一些葬礼用的东西，还有黑边信纸……天啊，人们已经用了

19

好几个月了！现在一切都过去了，这也是件好事。尽管如此，他还是穿上了一套黑色西装，打了一条黑色领带。他也不赞同为罗伯特举办过于朴素的葬礼。

四

一切结束后，他很庆幸能够逃到楼上，享受书房的平静氛围。午餐太糟了，他觉得这对他来说很糟糕，而对艾琳来说，很痛苦。那里有弗朗西斯堂姐，她认为可见的悲痛是葬礼宴会的必备条件；格蕾丝堂姐则认为应当让人们保持精神振奋，而她是上天特意派来做这件事的；还有乔治堂兄，他说话总是轻声细语，不过究竟是因为美味佳肴还是犯了喉炎，让人分辨不清；以及艾尔弗雷德堂兄，他纯粹是出于尴尬，听到别人对他说的每句话，他都放声大笑。戴维认为，唯一可以忍受的亲属，就是埃莉诺堂姐了，她几乎不与任何人说话，只一心一意地享受餐桌上的乐趣。"我要开车回查德利，"她对戴维吐露道，"没有食物，我是无法回去的。对虾很美味。"

戴维抓住时机，优雅地溜到楼上那间狭长、低矮的房间里，对此，他十分高兴。那间房里有为人熟知的石膏天花板和巨大的开放式壁炉。起初，他能通过地板听到偶尔传来的格蕾丝堂姐的劝告声，还有艾尔弗雷德堂兄紧张的笑声。不久，当客人都去了客厅后，房间安静下来，戴维完全沉浸在身处书房的快乐中。

他真正的任务是处理手稿。这些手稿大部分都被装订好了，整齐地放在书架上。不过旁边的书架上有一些书，戴维不停地将它们取下来，结果可想而知。例如，有《范妮·伯尼的日记》，就是早期的那本，他已经很久没读过这本书了。他坐在台阶上，一直读着这本书，直到二十分钟后，汽车开走的声音惊扰了他。那些堂兄堂姐，谢天谢地，终于走了。戴维把《范妮·伯尼的日记》放回书架上，严格要求自己履行职责。这是戴维第一次在书房中翻找，看一看里面都有哪些东西。他浏览了一卷又一卷手稿，查看了文件，打开了壁橱和抽屉。最后，他坐在罗伯特的大椅子上，翻看他留在那里的零零散散的文件。

幸好一切都很整洁，抽屉里没有多少东西，只有各式各样的铅笔、一把尺子、一把小刀、一本蓝色的小笔记本、一本邮票册、一些信纸和信封。

戴维拿出了笔记本，翻了几页。他并不想阅读里面的内容，但有件事吸引了他的注意，他想，这太奇怪了，太出人意料了。他又翻回了开头。只有四页纸写了字，不过，在他读完之前，门就被打开了，唐纳德站在那里。"他们都走了，戴维博士，"他说道，"谢天谢地。现在是五点。艾琳休息了一会儿，客厅里有茶点，她问，您要来点吗？"

"好的，我愿意前往。茶是我生活中的必需品，尤其是今天，我还没有睡觉，那对我来说很不寻常。"

戴维博士把笔记本迅速揣进口袋，跟着唐纳德·布莱德下了楼。

她面对着巨大的壁炉，坐在沙发上。几块大原木放在那里等待着冬天的到来，不过现在，在它们前面，放着几盆绣球花。绣球花没有什么优雅的轻浮感……那些花瓣就像是纸片。与楼斗菜相比，绣球花更像是叶子，而不是花朵的延展。但它是一种冷静、凝结、有尊严的植物，因此，戴维认为绣球花特别适合艾琳，她具备了这种花的所有特质。她把黑色连衣裙换成了蓝色的，这个颜色在服装目录上可能会被称为"绣球色"。她看起来有点疲惫，但气色很好，并且已经准备好开始谈话了。

唐纳德坐在她左边的椅子上，戴维坐在她右边的一把翼形扶手椅上，椅子上有爪形和球形图案。"对于我这把老骨头来说，走得不算远。"戴维说。"很适合你，"艾琳说道，"你看起来像简·奥斯汀[1]小说中的插图。"

随即她问道："R.V. 一切都还好吧？"

R.V，罗伯特总是这样称呼他。

1　简·奥斯汀（1775–1817）：英国小说家，代表作有《傲慢与偏见》《理智与情感》等。

"是的，的确如此，一切都好。有很多的手稿，但它们都摆放整齐且排列清晰。我准备将它们出版，这不会有任何困难。我猜这就是我们要做的，也是你想要做的。"

"是的，当然。"

"我也是这样想的。"

戴维放下杯子，从口袋中掏出笔记本，打开一页页地翻着，没有读内容。

艾琳正忙着给唐纳德倒茶。

"告诉我，艾琳。"戴维开口说道，又迟疑了一下。

"是什么事？告诉你什么？"

"罗伯特提起过要写小说吗？"

"小说？没有……从来没有。"

"我在抽屉里找到了一本笔记本，它读起来像是小说的第一稿笔记……我想那是部侦探小说。"

"侦探小说？他从来没读过。我不相信他会写一本侦探小说。上面写了什么？"

"只是笔记，不是很清楚。它似乎与一个名叫亚当·麦里克的人的死亡相关，还有……"

戴维检查了一下笔记，从书页上抬起头来。唐纳德突然在椅子上动了一下。

"这有什么值得记笔记的吗？"

他看着唐纳德，却是艾琳回答了他的问题。

"亚当·麦里克是我的邻居，他去年三月去世了。"

"我明白了。这不是小说。"

"的确不是，"她伸出了手，"我可以看看吗？"

戴维探过身，把笔记本递给她。

在艾琳阅读笔记本的内容时，他靠在椅背上，透过眼镜看着她。他想：她是个多么美的女人啊，可此时，她却如此苍白，如此苍白。这一切对她来说一定都是可怕的打击。同时，她还承受着取悦那些可怕亲戚的压力……

在这短短的几分钟，没有人说话，房间里没有任何其他动静，只有艾琳的手指在翻动那几页纸的声音。读完笔记本中的内容，她轻轻叹了口气，如释重负地把笔记本还了回去。

"亚当·麦里克出了意外，"她说，"这相当富有戏剧性，然而警方并没有发现任何问题。也许你是对的，这件事确实给罗伯特带来了灵感。他可能认为这就像一部侦探小说的开头，他想看看自己会如何续写这个故事。"

"茶的味道很好，"戴维停顿了很长时间后说道，"可能他认为是警

24

察搞错了，事情有不对的地方。也许他在试着理出头绪。"

"无论如何，他都没有深入到这个故事中。需要更多的茶吗，R·V？"

很明显，对于这件事，艾琳已经把她想说的都说了出来。

戴维将笔记本放回口袋，他说："我非常想再吃一块蛋糕。"话题就这样改变了，随后他又一次上楼去了书房，站在书架旁，取下几卷装订好的手稿，翻了翻，又将它们放回原处。人类学的材料需要专家验看，这些手稿看起来极具可读性，但需要整理，也许杰弗里·威洛——戴维所在的剑桥大学圣尼古拉斯学院的研究员，会接手这些事情。自传的卷本则不同，它们已然经过了精心整理。罗伯特如果还活着，就能看到自己出版的这本自传了。

走到房间的另一端，戴维在窗边停了下来。除非你长期住在那个房间里，而且无法意识到它带给人的乐趣，否则就不可能不在窗前停下来。透过菱形窗格向下看，能看到铺砌好的露台、小路，还有一小段台阶通向另一个草坪露台。草坪的另一边是一堵低矮的石墙，另一道台阶穿过石墙，向下通往玫瑰园。台阶最上面伫立着哨兵般的柏树。

戴维向下看，可以看到玫瑰园。在远处，矮墙之外，他能看到杜鹃花以及更远处的湖岸。在湖的后面，是卡德莱树林，它就像升起的贵族帷幕。这是他所见过的最宁静、最浪漫的景色。整个景色之中，毫无人迹。

戴维觉得他今天做的已经足够多了。他想走下露台，至少要走到玫瑰园去。他希望那里还没有被改建。他记得玫瑰园被紫杉树篱包围着，在半圆形壁龛的两端，各有一尊农牧神的雕像。

他离开书房，走下楼梯。客厅的门开着，他向里面看了看，一个人也没有。花园的门也开着。他走到露台上，那里也没有人。花坛中除了蜜蜂，一切都静止不动。在一簇洋红色的鹤嘴草后，白猫布兰奇正优雅地睡着。

他走下台阶，穿过草坪，在柏树间慢慢地走过下一段台阶，来到玫瑰园。

他站在那里，环顾四周。紫杉树篱完美地伫立着，农牧神们仍站在各自的位置上，身上布满青苔，有灰有黄，这是对已逝时光的古老纪念。可怜的东西，戴维想，他们三十多年来都没见过多少有趣的事物，尤其是罗伯特的姑姑诺拉·卡西利斯小姐住在这里的时候。她两年前才以一百零六岁高龄离开人世。

他不想再到湖边去了，那里太远了，时间也太晚了。但当他穿过玫瑰园，来到紫杉树篱旁的拱门，也就是那座通往杜鹃花掩映的小路入口的拱门那里时，他突然站在原地，一动不动。

二十五码外，他们背对着他，艾琳站在唐纳德·布莱德身旁，两人正俯视着湖面，她轻轻地拉着他的手。

戴维很快便静静地走了回来，穿过玫瑰园，走上两段台阶，向房子走去。已经晚上六点半了。从蒂德维尔·圣彼得来的车一刻钟后就会来接他，他决定沿着车道走路去迎接车子。

五

奥特里·阿姆斯旅馆是一栋维多利亚早期的建筑。多年来，当地经济飞速发展，现在这所老房子不协调地窝在比它还大的扩建部分之间。扩建部分中，有一栋是酒吧。让戴维感到遗憾的是，它被改造得像个鸡尾酒吧，然而，没有人在这里喝鸡尾酒，大多数人在这里喝啤酒，退休的上校们喝威士忌、海军杜松子酒，还有几位女士沉溺于一种叫作波特酒与柠檬汁的神秘混合酒。

戴维一直很喜欢那些装饰成真正老式酒吧的沙龙门。不过现在很少会看到老妇人拿着泡沫酒壶从这样的门里摇摇晃晃地走出来，在家里私下喝酒的场面了，那似乎已经是过去的事物了。在那里，许多古老房子的玻璃门上都刻着这样的图案——酒壶和酒瓶，然而，无论是上等的旅馆，还是奥特里·阿姆斯旅馆，都没有这样的门。在这里，人们在鸡尾酒吧中喝啤酒。酒吧的墙上镶嵌着柠檬黄和粉红色的几何图形，灯光耀眼，众所周知，这是为了在顾客间营造一种欢乐的气氛。戴维更喜欢乡村酒馆里低矮的天花板与椽子，或者城市中豪华的雕花玻璃镜。但饮品都是相同的，因此，在七点一刻，戴维沿着走廊走到鸡尾酒吧来寻求晚间提神物。

酒吧里没有多少人。在远处的一个角落里，一对醉酒的男女正把头凑在一张玻璃桌上，喝着两杯烈性黑啤酒。两位老人在酒吧的一角边喝边聊。酒吧的另一角坐着一个身材矮小、神情愉悦的年轻人，他一头卷发，脸上有雀斑。戴维以前在什么地方见过他，那个年轻人也在什么地方见过戴维，因为他一看到戴维，就立刻走上前来，说道："晚上好，戴维博士。"

"晚上好，我看你很眼熟，"戴维说，"你能告诉我，你是谁吗？我不擅长记名字。"

"因为我们还没有见过面。我叫贾尔斯·吉福德，是个本科生……"

"在圣尼古拉斯学院，如果我们没见过，我却认识你，那就说明，你可能做过什么不好的事，但我不记得具体是什么了。你住在这里吗？"

"几乎可以说是。我父亲是西蒂德维尔的牧师。"

"那么，我想我早上见到他了。他当时正在参加罗伯特·卡西利斯爵士的葬礼。"

"他的确在。这就是您来这里的原因吗？"

"是的，罗伯特是我的老朋友。在某种意义上，这里也是我的故乡。我小时候住在这里。多年后再次回来，我感觉很奇怪，这里的变化并

28

不大。"

"您在这里待多久？"

"我要在这里待几天，我在卡德莱还有事要做，我是罗伯特的遗稿管理人。"

"啊——"贾尔斯·吉福德感叹道，停顿了一下，他附加了一句，"我想您会去调查的。"

"哦？"戴维说道，"你愿意和我喝一杯吗？"

年轻的吉福德先生面颊泛起红晕。他在酒吧待客礼仪方面经验不多。

"非常感谢。"

"你要喝什么？"

"请给我半杯苦啤酒。"

"那是你在酒吧里能提出的最适度的要求了。这些高贵的酒瓶没有给你提供什么信息吗？"

"并没有，半杯苦啤酒就好了。"

"很好。请给我一杯威士忌。"

"戴维博士，您住在哪里？"

戴维把地址告诉了他，于是，他们很容易地谈起了旧时的蒂德维尔·圣彼得。"天啊！"贾尔斯·吉福德说，"它就像一本书。坐着敞篷四轮马车去野餐，我希望自己也做过这样的事。"

"请注意，我们走不远，只到了距离城堡五公里的地方……那可真是一次漫长的探险。"

"是的……但我从没见过马车，而且以后也不会看到。"

"嗯……我们几乎没有见过汽车，当然也没开过汽车。"

接下来，当他看到贾尔斯想再要半杯酒时，说道："现在是七点三十五分了，我想我必须去吃晚饭了。遇见你，我很开心。"

"我也是。感谢您请我喝酒。还有……还有，戴维博士，如果您在这里想知道什么，尽管问我，我对所有人的事相当了解。如果您需要帮助，我……嗯……我的电话号码在本子上。"

贾尔斯很清楚蒂德维尔·圣彼得公民的那些事，可能对于 R.V. 戴维博士身为罗伯特·卡西利斯遗稿管理人的任务来说，它们的作用并不大。不过，提供这份信息的人看起来很和善。因此，戴维对他道了谢，说了晚安，随后就沿着走廊走向了餐厅。

贾尔斯·吉福德看了看手表，说了句"天啊"，然后就开着一辆老旧的汽车出发回家。他告诉母亲要在家吃晚饭，结果他回家晚了。不过他有一个极好的借口——和他的大学老师聊天。他妈妈会很高兴的，可怜的小家伙啊！

他是个浪漫的年轻人，当他在夕阳下驾车穿过乡间小路时，不禁会想老戴维一定在忙什么吧。

六

他什么都不想做，只是盯着两道菜之间的白色桌布，想着艾琳。落日的余晖给玫瑰染上一层金色，在草坪上留下长长的影子；玫瑰园中没有任何声音，虽然，在紫杉树篱的后面，两个人正站在一起，手拉着手，低头望向湖面。卡西利斯夫人和她的司机，在葬礼的下午……这听起来很可耻。然而，艾琳和她的表弟唐纳德，那就不同了。戴维觉得自己内心没有责备，也没有怀疑。艾琳应该向唐纳德寻求支持，这很正常，对方给予艾琳支持，也很正常。

尽管如此，戴维还是很庆幸他们没有看到他。这种庆幸显而易见，却不可能说出来。

贝莎拿来了布丁，戴维选择了凝乳食品和奶油，这的确是真正的奶油——德文郡凝脂奶油。如今在西部的乡村以外是找不到的，在那里也并不总能品尝到（虽然只要购买足够好的原材料，任何人都可以在伦敦生产这种奶油）。这些传统的食品，却有着独特的风味。戴维小时候，他们在柴火或泥炭火旁制作，然后就可以品尝到这种与众不同的奶油。就像贾尔斯·吉福德注定永远坐不上敞篷四轮马车那样，在煤气过滤分离器与煤气炉盛行之前，人们也永远不会知道德文郡凝脂奶油有多美味。

"发展万岁！"戴维如此想道，然后离开了，没有任何不满。

大多数用餐者都去了阳光休息室。在里面的起居室中，只有一个女人坐在角落里，向一位有耐心的朋友喋喋不休地讲着她女儿的事情，这位朋友不时地发出细微的哭泣声，以表示赞许与同情，除此之外，就没有其他的谈话了。

　　"……接下来，他们当然会转向格兰妮，想知道我能不能带走她，然后我说不，亲爱的，我不能。这对我来说太难了。"

　　"当然，亲爱的，这太过分了。"

　　"我告诉过她事情会如何……"

　　戴维从旁边的桌子上拿了一杯咖啡，在对面的角落里坐了下来。在那里，他只能听到一种背景杂音，除了偶尔听到那位耐心的朋友说"噢，不"或"我亲爱的"，他的位置足够偏僻了。他开始考虑他的计划，他必须决定要待多久。幸运的是，这是假期，但还是有一些公务要处理。也许有必要离开，然后再回来。他放下咖啡杯，把手伸进外套口袋拿他的日记本……他的手指突然碰到了一个不熟悉的东西，是那本蓝色笔记本。其中记录的文字让戴维并不满意，他已经将它忘记了。现在，他又拿出了这本笔记本，读了起来。当他阅读里面的内容时，在他与笔记本页面之间，显现出了那天下午艾琳在客厅阅读它的画面，他还记得她看起来脸色有多苍白，以及她归还笔记本时奇怪地松了一口气的样子。她并不想谈论这件事，这可以理解。

七

亚当·麦里克

两片树林相互毗邻……只是被通往村庄外围的 S 家的小路隔开。

采石场临近路边，旁边是麦里克家的树林边缘。采石场已经荒废，绝大部分时间，里面都有一点积水。他就是在那里被发现的。他从悬崖边上掉下来，撞到了头，在昏厥时淹死了。

警方找不到任何其他的东西。

那是他自己的土地，因此，他们不必问他为什么在那里。

但这件事发生时，他正在从 S 家回来的路上，这是有证据的。那条小路靠近采石场的边缘，没有适当地围上栏杆。当他到达那里时，他必然已经离开了原来的路。因此，应该是侵入者或者偷猎者干的。

M 夫人把邻居杰森叫了过来，G.G 来帮忙了，他们一起找到了他。警方还没有采取行动，这个案子看起来的确无懈可击。

这些字写在笔记本前四页的右半页，第四页只写了几个字。上次，艾琳和戴维都没有再向后翻页。而现在，戴维无意中又向后翻了一页。

右半页什么都没有，不过在左半页，最上面还写着一个词——"艾琳"。这就是全部的内容了……而且，罗伯特把它涂掉了。

嗯……这些笔记令人兴奋，但它们的目的并不明显。根据警方的说法，不曾有什么谜团。所以，罗伯特为什么要操心呢?

他将笔记本放回口袋，高兴地拿起《逝者的证据》。这本书的封面是亮黄色的，书名的印刷字体也很奇特，看起来效果很好。

这的确是个谜。

八

第二天早上他到达时，前门是开着的，大厅里满是鲜花。不过他没有听到艾琳或者其他任何人的声音。戴维向客厅中望去，里面一个人也没有，于是，他上楼来到了书房。

在罗伯特的桌子上，放着一瓶玫瑰花，还有一张艾琳写给戴维的便条。

亲爱的R.V.，很抱歉昨晚没有见到你，我去了湖边。今天我得去埃克塞特见律师。你喜欢做什么就做什么，巴恩斯会请你吃午餐。艾琳。

因此，他没有受到任何打扰，一早上都在处理罗伯特的手稿，整个过程都很顺利。就手稿本身来看，他感觉很快就可以处理完毕。不过，当戴维博士吃完午饭去玫瑰园时，他脑中产生了一个念头，他不确定自己是否想回家。昨晚，他已经把那件东西拿走了……但那样做的其中一个原因是他想看完《逝者的证据》。昨晚，他就已经放弃了这样的想法，但他现在意识到这种想法在阻止他离开。他坐在一条柚木长凳上，紫杉树篱庄严地伫立在他身后，他诡秘地向玫瑰花坛四周瞥了一眼，随后从口袋里再次掏出了那本蓝色的笔记本。

这些笔记很奇怪，但毫无疑问，他应该能够将它们解释清楚。罗伯特回顾这些事实，是因为他认为警方可能遗漏了什么吗？正如艾琳所说，他并没有偏离方向。

还是因为他知道，这些真相的确包含了一些危险的东西？"这案子看起来的确无懈可击。"这句话就好像他曾说过的"这没什么"，听起来并不像罗伯特说的话。

他翻过这一页。"艾琳"被划掉了。罗伯特打算要写关于艾琳的什么东西呢？这个名字和前几页的推测有什么联系吗？毫无疑问，的确如此。"而且为什么我总是看到她的脸色那么苍白？"戴维自言自语道。这不是真的，她一直像雏菊那样精神饱满。在那次可怕的午餐聚会上，她并没有脸色苍白；昨天我们下楼喝茶时，她也没有脸色苍白。只有在读笔记内容时，她看起来才那么苍白。是我的错。我并不知道那是个真实的故事，而我在那个特殊的日子里提到那件事完全是不明智的。

戴维博士坐了几分钟，盯着玫瑰花看。随后，他站起身，沿着铺好的人行道漫步，看着紫杉树篱东边半圆壁龛的农牧神像。接下来，他沿着另一条路走，盯着西边半圆壁龛的另一座农牧神像。昨天他还想着这些神像已经三十年没看到任何有趣的事了，或许，他错了。

"那看起来的确无懈可击。"如果对亚当·麦里克多了解一点，他就可能找到罗伯特笔记的其他解释。只要他对一切多了解一点就好了。

两个小时后，当他坐在奥特里·阿姆斯旅馆的阳光休息室喝茶时，他仍抱有同样的想法。这很有趣，当然很有趣。周围有股神秘的气息，而且这是一个警方并未受理的案件。以前遇到这样的事件，他如果对别人正式调查的问题产生怀疑，还会觉得不好意思。可这里没有别人继续接手调查，他第一次觉得自己没有多管闲事。当然，警方可能是正确的，或许就是没有任何问题，但还是很有趣。随后，戴维博士拍了拍大腿，大声说着"当然"，这让一位老妇人大为惊讶，她在圈椅上动了动，透过眼镜紧张地看着他。阳光休息室里没有其他人，如果他再有这样的举动……不过，戴维博士没有再次这样做。他站起来，走到电话旁，在那里简单看了一下电话簿，拨了个号码，打给贾尔斯·吉福德先生。

"喂，您好，"贾尔斯·吉福德说，"您是戴维博士。"

"你是如何猜到的？"

"我想您迟早会打电话给我，"贾尔斯说，"您想要问一些信息。"

这是一句陈述，而不是询问。

"嗯，是的，"戴维说，"我的确想问你一些问题。"

"好的。"贾尔斯说，"您沿着西蒂德维尔路散步，我开车来接您，如何？"

"那太好了。"

"如果我们开车兜会儿风，就不会处于别人的监视下，这样我们就可以畅谈了……在这个古老的度假胜地，在尽可能不被监视的情况下，就可以做任何自己想做的事。您觉得如何？"

"太好了。"

"现在？立刻？"

"为什么不呢？"

"那么，再见，"贾尔斯说，"大约十分钟后见。"

电话在他耳边"咔嗒"一声挂断了，戴维有点惊讶，他走进衣帽间，戴了顶帽子。

随后，他就沿着西蒂德维尔路出发了。

乡村众生相 初探采石场

一

"你要带我去哪里？"戴维问道。

"去山顶，"贾尔斯说道，"那里有一扇可以看风景的门。"

"我很清楚。"

"我们可以到那里看看风景，然后，您可以问我问题。"

"你怎么那么确定我会问你问题？"

"先生，您，以侦查闻名。"

"你过奖了！"

"而且，我一见到您，就猜到您要问去年三月的那件事。"

"哪件事？"

贾尔斯斜眼看了他一眼。

"麦里克的事。"

"我昨天才知道那件事。"

"我敢说的确如此。但现在您已经知道了。而且您正在询问那件事。戴维博士，您看，我是现场的目击者，对结果却并不满意。您知道是我发现的他吗？我和杰森先生。"

当然，戴维想道，罗伯特的笔记里提到了这个，关于杰森的一些事。"G.G 来帮忙了。他们一起找到了他。"不过，他什么都没有说。

贾尔斯已经离开了西蒂德维尔路，在高高的砂岩河岸之间向山上行驶。小橡树像拱形屋顶那样伸展双臂穿过车道，车开了一段，树林消失了，道路变得空旷起来。他把车停在了树篱与五栅门之间的一道缺口旁边。

戴维和贾尔斯下了车，并排站在那里。从这里望去，南边、东边与北边的一切事物都在他们的下方展露无遗：田野、水草地、河谷，河的对岸，又是田地，一直延伸到临近海湾的悬崖上。右边是蒂德维尔·圣彼得与大海。

"我以为您会想看看这里。"贾尔斯说。

"风景中的每个粒子与我上次看到的相比，都已经发生了改变，"

戴维说道，"但感受是完全相同的。我可以发誓，就在树篱的那个地方，总会有毛地黄。"

"还有，总有一艘小船在海湾中轻轻荡漾，也会有相同数量的海鸥闯入田野中。"

"此外，"戴维说，"我还看到了一些黑白相间的奶牛。但是，当初罗伯特认为这些牛应该是红棕色的，我不同意他的观点。"

年老的戴维博士与年轻的贾尔斯·吉福德一起倚在五栅门上，非常惬意地盯着河谷看。

"关于教堂那件事，很遗憾。"戴维说着，指向山谷上方一个笼罩在树林薄雾中的村庄。十九世纪时，奥特里夫人在那里实施了残酷的"暴行"。那个可怕的老女人拆掉了一座十四世纪的教堂，并以此为荣。她还从沼泽地移走了一个新石器时代的圆形石头，并用它在花园中造了一座假山。

这，正如年轻的吉福德先生理解的那样，是一场小型的争论。他等了几秒，然后说道：

"来吧，戴维博士，请您告诉我，您想知道什么。"

"我想知道整件事，"戴维坚定地凝视着水草地，说道，"这个亚当·麦里克是谁？为什么他的死亡，连警方和验尸官都认为是意外，却引发了我朋友罗伯特·卡西利斯的不安？"

"它的确引发了不安，是这样吗？"

"我想是的。那为什么它也引发了你的不安？"

"我也说不好。"贾尔斯·吉福德说道，"不过，那里发生的事情确实令人不快。至少，在我看来是这样。"

二

"首先我必须解释一下欧内斯特·斯塔宾斯的事，"贾尔斯说道，"这个地方到处都是退休的人，他们原本都是行政长官。但在退休后，他们根本不打算做任何比经营桥牌俱乐部更累人的工作了……当然，经营桥牌俱乐部就已经很累人了。这个地方由几个与小镇的繁荣有着利害关系且和蔼可亲的人管理，他们做得很好。大约六年前，这位欧内斯特·斯塔宾斯来到蒂德维尔·圣彼得居住，然而，与其他大人物不同的是，他来到这里，是一心想要掌控这个地方。我想，他对权力有一种狂热。他要掌控这里的一切，而他来到蒂德维尔·圣彼得，就是下决心要掌控这里。他租下了一套房子，将它命名为'采石场景'，因为从那里可以看到小溪对面的采石场……"

"哪个采石场？"戴维问道，"就是发现亚当·麦里克的地方吗？"

"是的。但那对于欧内斯特·斯塔宾斯来说，还不够宏大。他把那套房子的名字改为冈维尔小屋。"

"哈！"

"他到这里还不到六个月，就发表了一篇竞选演说。他在演说中表示要为蒂德维尔·圣彼得的人民无私奉献。如果没记错的话，他还承诺要毫无畏惧、毫无偏私地代表所有人的利益。"

"很难。"戴维低声说道。

"是的，不过，这个提议在选民看来太棒了，他们就把斯塔宾斯投在了首位。没有人知道他的任何事，不过他已经准备好要做这份工作了，这对他们来说就足够了。他们对此感激不尽。不到六个月，他就被同样感激他的议员们推选为主席。他在这里度过了辉煌的三年时光，直到亚当·麦里克来到这里接管了松林小屋，就是树林中的那栋房子。房子一直延伸到采石场顶部。它的南面斜坡向下延伸至小溪，小溪的另一端是蒂德维尔·圣彼得花园的边界，包括欧内斯特·斯塔宾斯的花园。"

"啊，"戴维说，"邻居与边界，继续说下去。"

"冈维尔小屋……我立刻指给您看，那是一栋荒凉的房子，房子的外立面用红砖和黄砖按照图案排列而成，屋顶是石板瓦做的。当然，没有人对此进行过设计。它是在斯塔宾斯到来之前由一个建筑工人建造的，但它有一个一直延伸到小溪的果园，要是那个令人讨厌的斯塔宾斯能够维持原样就好了，但那并不是他想要的。麦里克搬来的那年秋天，斯塔宾斯砍倒了树，在山坡上铺满了花坛。您在一英里外就能见到那些花坛，因为每样东西都必须按照一种图形排列：白色的长方形、蓝色的长方形、橙色的长方形，所有形状像套盒那样排列在一起，粉色在中心位置。种着香雪球、半边莲、金盏花与天竺葵，就像是一家糖果屋。这就是亚当·麦里克来到这里的第一个春天所看到的景色。"

"他讨厌花坛？"

"的确如此。但真正的问题在小溪。麦里克在他那边种植了大片水仙花，斯塔宾斯则建造了许多愚蠢至极的微型风车，还养了一些比风车还大的灰泥鹳。这激怒了麦里克，但他对此也无能为力。然后，在去年三月，斯塔宾斯决定建一个水上花园，为了做到那件事……"

"我知道你想说什么：他改变了小溪的流向。"

"没错。"

"挪动邻居地标建筑的，必受诅咒。"

"阿门。'被诅咒'，在我看来，就是个词语。斯塔宾斯的花园快要建好时，麦里克已经出门一周了。他回来时已是傍晚时分，他随即下山去看他的水仙花。在山顶，他发现了小溪中大量的淤泥，上面建了一个大坝，还在对岸开凿了大批灌溉渠，斯塔宾斯雇佣的工人正忙着在各处修建微型的日式小桥和宝塔。我想这些河道沟渠一定又被及时填上了。然而，勿忘我小溪已经不见了。"

"这是在去年三月份？"

"三月十三日，就是亚当·麦里克死亡当天。"

三

三月的那天，也就是亚当·麦里克死亡当天，五点半，雷切尔·麦里克正站在客厅的窗口，透过松林俯瞰海湾。

"他对我不忠，我又何须对他忠诚？"

她轻声说着，就连话语产生的效果都经过了深思熟虑。雷切尔·麦里克有着很强的戏剧感，其对情境的投入丝毫不亚于威尔第[1]歌剧中的女主人公。

站在她身后、双手搭在她肩膀上的男人轻轻地笑了。

"毫无理由，亲爱的，"他说道，"而且，你很清楚，你对他也并不忠诚。"

"巴兹尔，你到底站在哪一边？"

"当然站在你这边，亲爱的，可是在这场游戏中，你不许制定自己潜在的规则，这会让其他玩家感到困惑。"

"好吧，不过，我们要怎么做？"

1　朱塞佩·威尔第（1813—1901）：意大利作曲家，代表作品《弄臣》《茶花女》《吟游诗人》等。

"我已经告诉过你了，逃离这里；而且我也告诉过你，你没有足够的钱。"

"钱有那么重要吗？"

"不要孩子气，没有钱，我可不行。"

"亚当有钱啊。"

"我从来不确定这些钱是从哪里来的……但亚当的确有钱。"

"所以亚当赢了。"

"看起来的确如此。我不知道为什么他总是有那么多钱，一定有什么方法。"

雷切尔·麦里克从窗口转过身来，她穿过房间，在镶嵌着精美图案的圆桌旁站了几秒，桌上摆着一瓶淡紫色郁金香。她太像客厅喜剧中的女主角了，这个动作可能是精心排练过的。她向前走了几步，在壁炉前坐下。房间里的光线开始变暗了。对窗边的巴兹尔·杰森来说，她一侧脸在阴影中，另一侧脸在壁炉的微微火光中熠熠生辉。

偌大的壁炉边缘排列着几块未经雕琢的彩色石头，有黑色、白色、绿色、紫色，还有火焰般橙色的，都是在两年前的夏天，由雷切尔·麦里克从地中海带回来的。

巴兹尔·杰森在三月的下午再次向窗外望去：草地上的水仙花、含苞欲放的杜鹃花，太阳在松树后面缓缓落下。他在想亚当的花园，还有雷切尔的房间。他不喜欢亚当·麦里克，因为他被亚当·麦里克的妻子迷住了，并且毫无疑问地接受了她对丈夫的偏见。对巴兹尔·杰森来说，雷切尔的美就像她脚下的彩色石头那样闪闪发光，让人深陷其中。即使没有被爱情蒙蔽双眼的人都可能加上一句，"她的美摄人心魄，让人难以逃离"。

"一定有办法的，"雷切尔·麦里克说道，"我厌倦了与我憎恨的人一起生活。"她一边说，一边望向房间对面的巴兹尔·杰森，巴兹尔也望向她。在三月的一个下午，他待在逐渐暗淡的光线中，她蹲在炉火旁，他们仿佛达成了某种不成文的契约。

她身处紧张的情境中，这是戏剧性的，却同时具有某种专业性。雷切尔·麦里克没想到自己的处境有多微妙，在一片寂静中，突然听到车轮在外面的砂砾上嘎吱作响的声音，喇叭欢快地响了三下，松林小屋的主人回来了。

"亚当！"雷切尔说着，站起身来，穿过房间，打开灯，在一面长镜前站了一会儿，整理了一下发型。

随后，她打开了客厅门，前门也随之打开了。

"喂！"亚当·麦里克说着，把一个袋子丢在瓷砖地上。

"亲爱的！你比我预想回来的时间要早得多。"

"我知道。你会觉得我荒唐可笑……但我想在太阳落山前看看小溪旁的水仙花,所以我就匆匆赶回来了。"

"我确信它们正在急切地等着你呢,"麦里克夫人冷冷地说道,又用另一种声音补充道,"巴兹尔来了。"

"喂,巴兹尔。"亚当毫无热情地说道。

"我们喝了茶,你要喝点什么吗?"

"不用了,谢谢。我过一会儿回来再喝一杯。"

前门砰的一声关上了。雷切尔·麦里克回到了客厅。

"你看到了。"

"是的,我看到了。"

她站在窗边,看着丈夫穿过松林下山。

"总是那些该死的水仙花。他会下山到小溪边,哦,是的……但只需要几分钟就能到那里,再花几分钟回来。不过我估计一小时之内都见不到他,他会继续上山到树林中去。他在那里要与什么人见面,我相信他会这样做的。"

"你为什么要关心他?"

"因为我不喜欢被忽视,即使我真的想摆脱他。"

"如果你说的都是真的,那不就给了你摆脱他的机会吗?"

"我憎恨所有丢人的事。"

"我并不完全是这个意思。"杰森说道。

雷切尔·麦里克半眯着眼看着他，直到他把目光移开。她喜欢让他这样做。

"你需要的、摆脱他的机会。"她说道。

巴兹尔·杰森局促不安地转过身去。"我必须离开了，"他说道，"我还有事要做。"

"你在转移话题。"雷切尔说着，又回到炉火旁。

"明天见。"

"我期待会如此。"

麦里克夫人等待着前门传来的声音。接下来，她站起身，穿过房间，把灯关上了。她在长镜前站了一会儿，看到了镜中映在红色火光中的自己，她被这样的自己迷住了。随后，她走进门厅，穿上外套，绕着头系了一条丝巾。亚当一定很久之前就离开小溪了，除非他是在散步，否则他一定是去了采石场的松林小屋。

天渐渐黑了，但她还能看清路。不久，月亮升起来了。她把大手电筒放进外套口袋里。与采石场相比，松林中更黑一些，但她还是先穿过了松林，到水仙花丛那边去。

四

贾尔斯·吉福德给戴维讲了很多与麦里克相关的故事，但他实际上并不能直接将麦里克的故事准确地讲给戴维听。不过，他知道的的确很多，他知道雷切尔·麦里克与麦里克一家的邻居巴兹尔·杰森之间的婚外恋关系。这对蒂德维尔·圣彼得的居民来说已经不是什么秘密了。

"这位巴兹尔·杰森是做什么的？"戴维问道。

"他是到各地代销奢侈品的人……比如卖十英镑一瓶的香水。我不知道他是从哪里得到这些东西的……可能是在后厨煮出来的吧。他也是地方议会的一员……是让人无法忍受的斯塔宾斯的愚蠢支持者。这并不占用他很多时间。剩下的时间，他都给了麦里克夫人。他们经常一起散步。"贾尔斯淡淡地笑着说道，还故意强调了一下"散步"这个词。

贾尔斯听过老查利斯面无表情地讲述在小溪发生的事情。

"他来到小溪边，麦里克先生的确是这样做的，"查利斯对任何愿意听他说话的人都这样说，"他对我叫喊道：'查利斯，你到底在那里做什么呢？'我对他说：'我正在给斯塔宾斯先生建小岛。''你改变了小溪的流向，'他说道，'你没有权利这样做。''好吧，'我说，'你一定要把这件事告诉斯塔宾斯先生。'然后他说道：'我会的。'他就出了后门，上山去了过去叫采石场景的地方。这时天快黑了，于是我就去小屋里把我的东西放好。我始终能听到麦里克先生朝着斯塔宾斯先生大吵，斯塔宾斯先生也跟他对吵。那可太有意思了。"

说到这里，老人就会停下来，为他的故事已经讲完而感到伤心。他的茶点时间到了，似乎没有什么重要的事情可以推迟这个仪式。因此，"啊，那可太有意思了。"他会这样重复着，同时摇着头，好像他还能说得更多似的。

贾尔斯也从一个叫亚瑟·帕斯利的人那里知道了麦里克与斯塔宾斯之间发生的事情。亚瑟·帕斯利独自住在玫瑰小屋中，它与冈维尔小屋紧挨着。贾尔斯已经从帕斯利那里听说了麦里克是如何怒气冲冲地冲进了黑夜中，斯塔宾斯又是如何跟着他到门口，甚至是在此之外的事……至少亚瑟·帕斯利是这样认为的。欧内斯特·斯塔宾斯则予以否认。嗯，有人沿着小路跟踪麦里克。亚瑟·帕斯利对此很有把握。

那天晚上，贾尔斯在巴兹尔家喝酒。巴兹尔叫他六点半来，但巴兹尔直到六点三刻才回来。而且，见到他时，巴兹尔显得十分惊讶，这让人很尴尬。整个酒局都相当乏味。大约七点半，麦里克夫人闯进来，喊道："巴兹尔！亚当还没有回来。我敢确定一定发生了什么……"她一抬头，看见了贾尔斯，迟疑了一下，但贾尔斯已经说出了"我能做些什么吗，麦里克夫人"。雷切尔·麦里克考虑了一下，说道："是的，贾尔斯。我希望你帮助巴兹尔寻找亚当，他已经出去两个多小时了，他说过自己很快就会回来的。"

说到这里，贾尔斯停了下来，看了看戴维。

"你还没告诉我亚当·麦里克是谁。"戴维说道。

"他是个神秘人物。他以前常常带着人们乘坐一艘游艇在地中海游玩，这艘游艇以他妻子的名字'雷切尔'命名。游艇不出海时，麦里克将它停泊在索尔科姆。他利用'雷切尔'号赚了很多钱，成了富翁。"

"啊——"戴维说着，离开了一直靠着的五栅门。他站起身，直了直腰。

"您想看看采石场吗？"贾尔斯问道。

"是的，尽管我对它已经很了解了，但我还想再看一看。我还很小的时候，那里就是采石场了。我们曾在那里玩一些相当吓人的游戏。现在它归谁所有？"

"我不确定，我猜是归麦里克夫人所有。那里都是麦里克的财产，他曾拥有的财产，从采石场崖顶开始。我觉得议会在采石场中有 定的权利。偶尔会有一辆手推车将垃圾倾倒在荨麻丛。尽管是私人经营的，但任何人都可以走进这里，而且不会有人提出任何疑问。我们下山，再从左边的车道向上开，这样就回到了卡德莱树林与麦里克树林之间的村庄。"

"我很清楚。"

两分钟后，贾尔斯在路边停了车。"我不会把车停到那里去的，"他说，"最好绕道而行，这样不会引起注意。您看可以吗？"

"当然。"

"我们到了，"当他们转过拐角时，贾尔斯说道，"在那里，在小溪那边，您并不需要让别人告诉您那是什么。"

他指了指遭受苦难的草地上切割出的那一片片令人作呕的花坛，它们看起来像是某个国际组织的旗帜。

"我想那就是斯塔宾斯先生'五彩缤纷'的花园吧。"

"正是。"

"真是太可怕了！"

戴维在采石场未封禁的入口处停了下来。"这是私人经营的。"他指着一块从一根老树枝上伸出来的摇摇晃晃的布告栏说道。

"的确如此，"贾尔斯说道，"进来吧。"

砂岩采石场已荒废了多年，它呈现出一种奇异的美，就像人类在回归自然的过程中所表现出的那样。进入采石场，巨大的荆棘丛覆盖了大部分的地面。再往里走，有几棵小树、一棵美国梧桐和两三棵由偶然散落在这里的橡子长成的橡树。绿色植物太多，几乎可以完全挡住擅自闯入者的道路。

左边的角落有一间小屋，看上去很坚固，但被荨麻和柳兰半包围着，一丛荆豆伫立在挂锁的门前。

采石场中一片寂静，完全荒芜，但也不是没有偶尔出现访客的迹象——草皮破碎的边缘，被脚踩过的矮荆棘树杈，一个丢在欧洲蕨中湿透的火柴盒。

在他们身后，高大而陡峭的采石场中，红色砂岩面在夕阳下闪闪发光。

采石场的右半部分用于冬季蓄水，形成了水塘。现在差不多干了。

贾尔斯带戴维去了那个地方。

"他就躺在这里，头朝下浸入水中。当然，三月份这里的水要比现在多很多。调查发现，他在坠落时撞到了头部，引发脑震荡，溺水身亡。"

戴维抬头望向采石场的边缘。这个高度，如果从悬崖上失足摔落，足以置人于死地。"他的头撞到了什么？"他问道，"摔落过程中，他什么都没有碰到？"

"只在最后落地时，他撞上了池塘中的石头。"

"他是头朝下掉入水中的吗？"

"是的，的确如此。"

"可是，现在那里也没有石头啊。"

"是的，现在的确没有，但警察在之前调查时，的确移开了一块巨石。理论上讲，他的头撞到了那块石头。"

"啊！"

"我给您看看报纸的报道。"

浅浅的水塘中到处是人们倒在废旧采石场中的东西，它们都是些怪东西，都是人们能够想到的废弃物。扭曲的自行车轮，婴儿车的风帽，单只靴子，雨伞的伞骨。所有破碎的东西都有一段以尊严起始的历史。这段历史，戴维想，就像一个男人破碎的遗体那样，与它们躺在同样的浑水中。

"除了头之外，他有没有其他部位受伤？"

"我觉得没有。如果他身体的其他部位受伤，就说明他是从很高的地方摔落的，而新月形的悬崖距离水塘的高度并没有那么高。如果没有那块石头，他也许会没事的。"

"你一开始就说你对这个调查结果不满意，而现在你提出了可能的解释。那为什么还要对这个结果不满意呢？"

"是的，我对这个结果一点也不满意。他为什么要在采石场崖顶上向外张望呢？如果他的确坠落悬崖了，又为什么会坠落呢？"

"我想，你的意思是那个老问题：他是自己摔下来的还是被人推下来的？"

"嗯，差不多就是这个意思，戴维博士，的确如此。"

"我们上去吧。"

这意味着要绕过一些荆棘，穿过欧洲蕨，但这并不困难，距离也并不远。

走着走着，戴维的脚趾踢到了一块大石头，贾尔斯及时扶住了他。

"当心，先生！"

"谢谢你，"戴维说道，"这些该死的东西！石头没有权利躺在欧洲蕨中。"

半分钟后，他从采石场的边缘向下看。这里距离水塘不超过三十英尺。

"就在这里吗？"

"是的。"

"这里是你发现他的地点的正上方吗？"

"是的。"

径直向下看，戴维仔细查看了那个废弃的水塘。自行车轮，婴儿车风帽和靴子都在右边。此外，他能看到，伞骨在正下方。

他环顾四周。也许是在去年三月，这片短草皮就被破坏了。他坐在草地上，看着那片采石场。这里的确有被人动过的痕迹，不过，在采石场周围也有同样的痕迹。柔软的红色砂岩在不断受到侵蚀。

为什么会有人想来这里？为什么要在漆黑的夜晚离开小路，从采石场的边缘向下看……他要看什么呢？如果他是自己摔下去的，就不会有关于他被杀的谜团了。总之，为什么他会来这里呢？贾尔斯思考的就是这些。

戴维站起身来。他一边站起身，一边望着砾石坑的左半边，望着远处的田野，再远处的小溪，一直到斯塔宾斯先生的水上花园；最后一缕阳光就像一闪而过的信号灯，从月桂树的阴影中向他反射过来。

"我想我们最好还是走吧，"他对贾尔斯说道，"别盯着对面斯塔宾斯先生的花园看。从某种意义上来说，我们并不是单独在这里。我猜斯塔宾斯先生正在密切地关注着我们。"

"恐怕斯塔宾斯先生早就已经关注我们了，"贾尔斯说道，"来吧，如果我们走这条路，就可以绕到采石场的后面，那里离我们停车的地方很近。"

他们穿过欧洲蕨，来到松林中一条狭窄的小路上。

"您有什么想法吗，戴维博士？"

"我什么想法都没有。只是，斯塔宾斯先生对我们太感兴趣了。"

斯塔宾斯对一切事物都很感兴趣，他本身就有着强烈的好奇心。

他们一前一后，沿着小路默默走着，踩在松针铺成的地毯上，没有发出一点声音。在一根根棕黑色的树干之间，西面的天空垂下一条条玫瑰色与杏色的云霞。戴维觉得，这种艳丽的云霞和他看到的某本书上的描述一样，让他感到厌恶。所有的林间空地，无论在苏格兰，还是加拿大，无论是夕阳西下，还是雪中的树林，它们是不是都太爱表现自己了？R.V. 戴维博士的思维特别敏捷。过一会儿，这种思绪就已经飘远了。不过，当他看到粉红色霞光下澳大利亚桉树的景象，还是会感到厌恶。

当贾尔斯把手放在他的袖子上时，他又被带回到了现在。

在前方一百码处，他们能看到小路与大路的交汇处。在树篱的同一个缺口，另一条小路穿过松林，与他们所在的那条路形成直角。一男一女正走在路上。在戴维眼中，他们只是剪影，可贾尔斯知道他们是谁。"是麦里克夫人与巴兹尔·杰森，"他小声说道，"那边是巴兹尔的家。"

"多有趣啊！"戴维说道，"这个故事中的每个人都住在废旧采石场的附近。他们订婚了吗？"

"还没宣布。"

"也许这叫作'只是好朋友'？"

"应该是这样，"贾尔斯说道，"很长一段时间以来，他们一直很亲密……"

"亲密无间是公认可接受的比喻。"戴维说道。

"我在想，他们的关系更像克鲁泰奈斯特拉[1]与埃癸斯托斯的那种

---

1 克鲁泰奈斯特拉：希腊神话中阿伽门农的妻子，她野心勃勃，在丈夫阿伽门农参加特洛伊战争时与情人埃癸斯托斯一起统治迈锡尼。阿伽门农回国后被二人联手杀害。

关系。"

"哦，是真的吗？"戴维说道，"既然是那样，我认为你最好坚持自己的想法。"

在树篱的缺口处，也就是两条小路汇合的地方，是洒落着点点金色的荆豆丛。

"'荆豆不开花时，接吻就过时了。'"戴维引用道，"这是真的。不知为什么……这句话永不过时。"

"我只想着谁会从中受益。"贾尔斯打开车门说道。

"你怎么知道谁会受益？"戴维问道，"有可能是那两个人，也可能有其他人。"

贾尔斯，带着一点受到批评的神情，开车把戴维送回了奥特里·阿姆斯旅馆。

五

贾尔斯产生了一个天真的念头，他觉得自己应该回报戴维的盛情款待，因此，等他们到了旅馆，他说道："戴维博士，您今晚愿意和我喝一杯吗？"戴维知道，如果自己答应的话，贾尔斯会很开心，于是，他答应了。

"我记得您要喝什么。"贾尔斯说。

"唉！被认定嗜酒，真让人不好意思啊！不过，好吧，请，今天这个时间正是时候。"

于是，戴维在角落里的一张小桌子旁坐了下来，靠在椅背上，欣赏着蒂德维尔社会中的盛会，不久，贾尔斯喝着酒加入了他的行列。

"我们很幸运，"他说道，"了不起的斯塔宾斯刚刚来了。"

"是哪位？"

"就是那个自大的小个子男人，长着又圆又亮的小眼睛，还秃顶。我打赌他会过来说话。"

奥特里·阿姆斯旅馆的酒吧并不大，而且酒吧里的谈话通常也没什么机密可言。没有人介意被偷听。欧内斯特·斯塔宾斯与奥特里酒吧中其他顾客的不同之处在于，他谈话时显然是有意让人听见的，而且说话时经常环顾四周，他这样做，是因为他对自己的言行非常满意。任何与斯塔宾斯先生对话的人都处于被输送信息的位置，可实质上，他们并没把斯塔宾斯先生的话听进去。

"因此我对他说……"他的声音强力盖过了笑声与谈话，"你不仅在事实上是错的，我的朋友，你在原则上也是错的。他没有再说一句话，一句都没有。他只是转身溜走。他认识我，知道我说的话是认真的。"

故事讲完后，斯塔宾斯先生依旧沉浸在自己的故事中，没有收起自己那油腻且得意的笑容。他迅速地扫视了一下房间，抽了抽鼻子，微微摇了摇头，将目光投回到斯莫皮斯先生，他是斯塔宾斯先生在行政堂区委员会中的主要应声虫。

"他在那里。"斯莫皮斯说道。

"晚上好，布利泽德。"斯塔宾斯先生说着，突然把他的注意力转给了一位更有价值的熟人。布利泽德是布利泽德与哈波特房地产经纪公司的资深合伙人。"晚上好，布利泽德。我正盼望能见到你。明天的事你打算如何解决？我想和你好好待几分钟……"

"天啊！"戴维低声说道，"该不会……"

"准备好吧，"贾尔斯说道，"斯塔宾斯打算在离开时和我说上几句话。"的确，一分钟后，斯塔宾斯先生显然很惊讶地扬起了眉毛，在他们的桌前站住了。

"啊，年轻人，"他说着，自信地露出可怕的微笑，意在传递出一种诙谐幽默的意味，"你最近在忙什么呢？"

"忙什么？"贾尔斯反问。

"是的，我觉得你在忙着做什么。今天下午你没有看到我，但我看到了你。你在采石场的山顶上做什么？那里很危险，早就应该用栏杆围起来了。"

"如果你一定要知道的话，我在找蝴蝶。"贾尔斯说道。

"蝴蝶？"

"是的，从这里下去，有一种特殊的蝴蝶，它很喜欢荆豆……"

"哦。"斯塔宾斯先生盯着戴维，而戴维正全神贯注地看着酒杯的底部。"好吧……小心一点，小伙子。"

"我会的，"贾尔斯说道，"晚安。"

当贾尔斯说晚安时，斯塔宾斯先生并没有动，但接下来他发现自己很难再待下去，他举起了一只短胖的手说道："晚安，吉福德。"

戴维和贾尔斯看着他身后的玻璃门关上了。"我不是有意要暴露您的。"贾尔斯说道。

"所以我观察了他，"戴维说道，"带着钦佩之情。"

"那个男人的好奇心无穷无尽。他想要掌控一切，他也的确在掌控一切。他与房地产经纪人布利泽德关系密切，还与捕龙虾之王、看起来像个海盗的沃尔特·福特是合作伙伴关系。十有八九，是斯塔宾斯提供汽艇，沃尔特提供龙虾。至少这是我们了解到的信息。"

"听起来让我感觉有点不妙，"戴维说道，"嗯，感谢你请我喝酒。我想我现在应该离开了，到了吃晚饭的时间了。"

"您一定要稍等片刻，戴维博士。这里还有一件让人快活的事，您一定要见见亚瑟·帕斯利。告诉我……您知道雪景水晶球吗？那些可以摇动的玻璃制品。"

"是的。"戴维说道。

"果然如此，"贾尔斯说着，朝一个正在吧台取饮品的男人挥了挥手，"嗨，亚瑟！来这里！"

"喂，贾尔斯。"那个人说着，朝他们走来。他身材高大，古铜色皮肤，长着一双蓝眼睛，穿着一套淡褐色的亚麻布套装。他的深蓝色衬衫领口敞开着。戴维猜测，他已经四十岁了，浑身上下都显示出他是个单身汉。

"亚瑟，给你介绍一下我的朋友，"贾尔斯说道，"这位是戴维博士。他对雪景水晶球了如指掌。你愿意让他看看你的收藏吗？"

"当然。您要如何看呢？"

"您真是太好了。我不必再客套地说自己对雪景水晶球一无所知，事实上，我的确喜欢水晶球。我想人们已经看不到以前那样多的水晶球了，因为它们本质上就是农舍的装饰品。也许当人们开始住在地板上铺着有益健康的油毡、家具极其不舒适的小别墅里时，他们就远离了这些东西。雪景水晶球看上去不够现代化。您觉得呢？"

"我住在一间真正的茅草屋里，"亚瑟说道，"屋子周围到处盛开着玫瑰，人们称它为玫瑰小屋。天花板很低，到处都透着光。上楼极其困难，卧室的地板歪着，窗户是菱形玻璃的。我的小屋里有很多雪景水晶球。您什么时候来看看它们？"

"谢谢，我很愿意前往。明天可以吗？我后天就要回伦敦了。"

"明天可以的。六点钟好吗？"

"太好了。"

"你会来吗，贾尔斯？"

"非常感谢，我会的。"

"我很期待，"戴维说道，"可现在，贾尔斯，我必须走了，否则我会错过……天知道我会错过什么。"

"一刻也不要耽误。"亚瑟·帕斯利说道。

"我们明天玫瑰小屋见。"戴维说道。

六

晚饭后，戴维慢慢地走下旅馆的台阶，穿过院子，转入主干道。四周空无一人。他脑中满是想法，低垂着眼走着，像僧侣那样双手合十，他没有习惯性地东张西望，看商店橱窗里的东西。一方面，是由于罗伯特的笔记本；另一方面，是由于浪漫的年轻人的想象。他对谜团产生了兴趣，他认为这个谜团可能会演变成某种危险的东西，或者，他预计这种事物会消逝，变成无稽之谈。他让自己环顾四周，寻找证据。他搜集到了什么？什么也没有。只有一些事实。

亚当·麦里克与欧内斯特·斯塔宾斯争吵过。

麦里克夫人与巴兹尔·杰森是情人。

亚当·麦里克曾带人在地中海游玩。

艾琳在发现罗伯特的笔记本之后有些不安。读了笔记本中的内容后，她似乎松了一口气。

听到有人意外提到亚当的名字，唐纳德有些激动。

唐纳德与艾琳是亲密无间的好朋友……是否比亲密无间的朋友更亲近，我不知道，也不会猜测。

这些就是全部的内容了……除了，是的，除了巴兹尔·杰森在他自己举办的酒会上迟到了。虽然只是一件细微的小事，不过任何事都可以是重要的。戴维将这个小小的事件记在了脑中。

至于采石场发生的事情……去年三月，似乎无须警方立案侦查，这也就不足为奇了。一个人坠落悬崖自杀了，这在以前就发生过，警方并未发现任何牵涉到其他人的证据。

然而，一个念头不断闪现在他脑海中，而且一定会出现在任何有过这个念头的人的脑海中。如果亚当·麦里克从采石场边上摔了下去，他一定靠近过那里。那么他究竟为什么要这样做呢？尤其是在伸手不见五指的黑暗中，为什么要这样做？还是有什么东西要看吗？例如，发光的东西。在采石场中吗？这似乎不大可能。

戴维离开了主干道，朝埃克塞特的方向走去，走在他儿时印象中的房屋与花园之间。不久，他沿路向右走去。到目前为止，他一直避开这条路。他曾爱过与失去过的房子，他不能忍受再次看到那栋房子。但今晚，他继续走着。不久，他向左轻轻转了个弯，就到了那里。房子看起来一点也没变，然而，花园——还是幼儿的戴维挖过父亲埋下硬币的花园，医生好心地去看了孩子们认为生病了的一只兔子（现在的医生才没有时间做出这样温柔的举动）的花园……已然不同了。灌木丛倒下了，梨树倒下了，还有，最糟糕的是，那棵大橡树也倒下了。橡树……它们怎能倒下呢？

他本不该来的，他一边这样告诉自己，一边转身朝村子走去。

现在，他又变得更像自己了，对事物充满好奇心。奶酪与文具，铁器与安娜·玛丽，女士时装……这些对 R.V. 戴维博士米说都是相同的。他喜欢商店橱窗，还看了拍卖品，包括布利泽德与哈波特房地产经纪公司的拍卖品。他什么都不想要，但还是将注意力放在那些被强烈推荐给公众的令人向往的住所上。还有那里，在奥特里露台 20 号与小憩旅馆（老板显然休息得足够久了）之间有一张宣传卡片，这重新激起了他对贾尔斯·吉福德所说的谜团的兴趣。冬天，松林小屋的主人会给小屋布置好家具出租。只有预约才能够看房。

戴维博士站在人行道上，他当即做了个决定。他明早要做的第一件事就是去拜访布利泽德与哈波特房地产经纪公司。他非常想看看那个合乎麦里克夫人心意的住所。运气好的话，他也许有机会看到麦里克夫人本人。

事情定了下来，他沿着主干道缓步走去，又停下片刻，想了想维奇老太太和她家的柠檬水瓶子，他朝着两家古董店的橱窗里张望（天啊，太贵了），然后回到了奥特里·阿姆斯旅馆。

上床睡觉之前，他给艾琳打了个电话，告知他明天会前去拜访。

"请务必前来，R.V，"艾琳说道，"我会让唐纳德来接你。十点钟如何？"

"九点半会更好些。"

"那就九点半吧。太好了。"

拜访玫瑰屋 心动水晶球

一

戴维坐在罗伯特书房的大桌旁。九点钟，他去了布利泽德与哈波特房地产经纪公司。九点半，他已经在奥特里·阿姆斯旅馆的台阶上等唐纳德了。九点三刻，他们就到了卡德莱。艾琳在前门迎接他们，看到她，戴维感到很尴尬。他无法忘记上次看见那两人在一起的场景。这太不公平了，那两人却不知晓，他已经知道了他们的秘密。

现在是十一点，戴维正坐在书房的大桌旁，手稿都已经处理好了，没有别的事情可做了。他坐在那里，盯着那瓶玫瑰，用手抚摸着一把象牙裁纸刀的刀刃。

罗伯特、艾琳、唐纳德、亚当·麦里克；花朵的芳香，象牙的清凉。也许同时想到两件事是不可能的。不过，可以想一件事，并体验另一件事。他可以想到艾琳，注意到玫瑰的芳香；也可以想起麦里克，享受象牙冰冷的爱抚。他反思了一下，正是这样的推测才让他写出了无聊的博士论文。

随后，书房的钟在一刻钟时敲响，钟声把戴维拉回了现实。他扫视了一下四周，发现房间的另一头有点杂乱。那是一扇橱柜门——较低矮的书架做成了橱柜，那里放着大的平面出版物，笔记本、地图和印刷品则放在大文件夹中。其中一个橱柜的门是虚掩着的，由于戴维喜欢把书放平，把门关好，他就起身穿过房间将门关上。在关上门之前，他又分心了，因为，按照习惯，他必须看看橱柜上面书架上的书，在那里，他看到的是寇松[1]的《黎凡特修道院》，很自然地，他就必须把它拿下来……

他一直站在那里看书，并且依旧注意着玫瑰花。它们在几码之外，香味却无处不在。随后，他合上书，将它放回到书架上。思绪集中在花香中片刻后，他意识到这根本不是玫瑰发出的，很香，但不是玫瑰的香气。当他弯腰试图关上橱柜门时，他想：这根本不是花的香味，真的。

1　乔治·纳撒尼尔·寇松（1859–1925）：英国保守党政治家，1899–1905年曾任印度总督。

可是，橱柜门关不上，于是戴维单膝跪下，向里面张望。

一小块亚麻布夹在了橱柜门与地板之间，是一块手帕。刚刚闻到的香味就是手帕散发的，那是艾琳的手帕。嗯，房子是她的，橱柜是她的。现在手帕出现在这里，又怎会不是她的？戴维对艾琳的怀疑始于罗伯特的笔记本，而贾尔斯的疑问又加深了这种怀疑。如果没有那些纠缠不休的问题，他是没有任何理由怀疑艾琳的。艾琳一直在找什么东西。戴维知道橱柜里有什么东西，他觉得这些东西都不是艾琳感兴趣的。她一直在找什么呢？

他站起身，拿起手帕，回到大桌旁，回到玫瑰与裁纸刀那里。如果他从来没有打开那个抽屉，他想道，如果他从来都没有打开那本笔记本，他就不会抱有这种矛盾的怀疑，这种怀疑正在侵入他的内心。为什么亚当·麦里克的死让罗伯特烦恼？为什么艾琳为笔记本的被发现而困扰，虽然只是很短暂的困扰？那位名叫贾尔斯·吉福德的年轻人还发现了另外一些线索。最初的线索是从那里，也就是从卡德莱开始的。他还没有找到答案。

不久，他下了楼。花园的门开着，露台上满是阳光。白猫仍在一丛鹤嘴草后面，享受着它夏天的栖身之所。戴维蹲下来和它说话。"这，"他说道，"就是纯粹的虚荣，布兰奇。你觉得你和那抹维多利亚时期的洋红色相配，不是吗？"而布兰奇无声地喵了一下，来表示它高兴得

69

忘我了，或多或少地回答着它的确是这样想的。

"这是一个无害的恶习，亲爱的布兰奇，"戴维说道，"我自己也深受其苦。"

"R.V！"

艾琳正沿着露台向他走来，手中拿着一大把甜豌豆。戴维站了起来，听到自己膝盖的骨头嘎吱作响。

"见鬼去吧！"他说道，"我浑身僵硬得像一双旧靴子，不过我还是得和布兰奇讨论一下舒适度的问题。"

"这里是蒂德维尔·圣彼得，"艾琳说，"每个人都能长命百岁，但大多数人九十岁以后就动不了了。"

"该死，我才来了这里四天。"

"R.V，你完成书房中的工作了吗？"

"我认为是的。一切安排得井井有条，没出任何麻烦。"

"那你明天就要离开吗？"

"是的，但当然，我会回来的。正如你所知道的，我想请杰弗里·威洛看一看人类学方面的材料，不过如果可以的话，我想把那本自传带走。我觉得它不需要任何编辑，不过，如果需要编辑的话，我可以在剑桥更好地处理。"

"请你带走吧。我希望自传的出版毫无问题，我已经把它全文打印出来了。”

"那是我从没学会过的技艺啊。顺便问一下，这是你的吗？"他把手帕从口袋里拿出来。

"是的，它之前在哪里？"

"在书房。"

她迟疑了一下，说道："我昨晚在那里，找……嗯，找一点私人物品。我觉得可能会有日记。"

"我没有发现任何日记，我一直认为罗伯特没有写日记的习惯。"

"我只是不想落下私人物品，例如，那本笔记本。顺便问一下，它在哪里？"

"那本笔记放在我的口袋里，我带着它回了旅馆。"

"请不要让其他人看见，R.V.。"

"嗯，我当然不会。"

"你不觉得应该撕掉它吗？"

"如果你想这样做的话，艾琳。"

"是的，我想我会这样做。人们都已经把那件事忘记了。我不知道为什么罗伯特会为此烦恼。"

真是一次奇怪的谈话，戴维想道。

午餐的锣鸣声结束了这次谈话。

二

下午两点半，戴维离开了卡德莱修道院，他离开得那么突然，那么利落，就好像他被绑在了一枚向外太空发射的导弹上。唐纳德好心提出要送他回去。戴维一生从没开过车，他发现这个速度让他兴奋。他对危险一无所知，他总会信任他的司机，除非他们走错了路。因此，在半路上，当唐纳德出乎意料地向右转弯时，他问道："为什么要走这条路？"

"我想让您看看我的小屋。"唐纳德说道。

半分钟之后，他们来到了门房小屋的大门前，它是1750年罗伯特爵士为自己而建的。

在他们后面是一条德文郡的小路，这条小路从没被修缮过。高高的树篱并未拜糟糕的司机所赐被砍掉，野花没有因为农业试验而遭到毒害，毛地黄也没有被撕成碎片，第二天枯死在郊区的某个地方。戴维简直不敢相信自己的眼睛。这里看起来就像是1905年，1805年，甚至可能是1705年看到的景色。直到最近，遥远的西部乡村才向发展带来的快乐屈服。

"已经到了，"唐纳德说道，"摄政时期的小屋。攀缘玫瑰，大丽花，我几乎不用介绍，它们就在前面，甜豌豆在后面。您觉得如何？"

"要我说，非常感谢你带我来这里。"

"当然了，没有浴室。"

"自然是没有。一间摄政时期的小屋绝不会有这么便利的条件。"

"我在屋子里洗澡。"

"我可以看看房子里面吗？"

"如果您愿意的话，当然可以。里面只有两个房间，还有一个厨房和一间食品储藏室。特朗普夫人会进来，时不时地拿着扫帚乱扫，因此还算整洁。"

他们沿着小路走向玫瑰花丛。

"连玫瑰都是摄政时期的，"戴维说道，"我敢打赌，那种玫瑰在任何现代名录中都找不到。"

打开门，直通起居室。里面并没有多少家具，只有一把扶手椅、一台收音机和一张靠窗边覆盖着纸的桌子。

"那是你在写的小说吗？"戴维问道。

"是的，就在那些纸中间。"

"我希望你可以坚持下去，"戴维说道，"书的非凡之处在于，它们不会书写自己。"

墙上挂着一些照片。

"那是我的母亲，"唐纳德说道，"以及婴儿时期的我。过去三十年的时尚看起来都那么可笑，真是不可思议。"

"但在三十年后，它们又突然变得多么迷人啊！"

"那张照片上的人是艾琳。"唐纳德说。

那是张清晰且明亮的照片，照片中一名年轻的女子站在停泊的游艇旁的码头上。可以看到其他船只的左右部分。

在背景中，桅杆之外，有一条隔海相望的丘陵边界。照片底部写着"费拉约港 1967"。

"是厄尔巴岛，"戴维说道，"我恰好对那一带的景色很熟悉。路的另一边有树、咖啡馆和精品店。"

"是的。"唐纳德说道。

"它不像其他地方那样容易被糟蹋。但这还不够。如果认为拿破仑[1]会留在那里，就太荒谬了。"

"他在那里游过泳，"唐纳德说道，"但我认为他并没有游很多次。这里是厨房，那里是卧室……就是这些了。"

戴维掏出表。

"感谢你带我参观你的小屋，"他说道，"不过我现在必须得走了。"

后来，戴维坐在奥特里·阿姆斯旅馆的休息室中，在前往松林小屋之前看着时钟，心里默默地想 ，唐纳德并没有任何意图，完全没有。

1　拿破仑·波拿巴（1769—1821）：法国伟大的政治家、军事家，法兰西第一帝国的缔造者，人称"法国人的皇帝"。

他完全没想到戴维会要求进入小屋。他对墙上的照片没有任何戒备，而且，如果他有所戒备，就不会将艾琳的照片挂在墙上了。但戴维心里很纳闷。

艾琳身后的游艇的名字是雷切尔。费拉约港，1967年。

这正是在她嫁给罗伯特之前。

三

松林小屋是一栋长长的、低矮的房子，朝向土地的一边有花园和菜园，另一边从松林和杜鹃花丛向下延伸直到小溪与蒂德维尔·圣彼得的居民区。开车穿过花园，很快就可以到达。

当戴维在车道上转弯，看到前面的房子时，已经是下午三点半了。门开着，它被一个闪闪发光的东西挡着。那是块粗糙的石英，一块原始却相当华丽的门当。

透过门，看到室内的景象，宛如一幅"荷兰室内画"。首先是一个大厅，大厅后面是另一扇开着的门，能看到室内的家具和另一扇窗户。只是缺乏构图中的远景人物。不过，当戴维按响门铃时，在远处的门打开的那一刻，她便出现了。是那个贾尔斯竟敢在毫无证据的情况下称为克鲁泰奈斯特拉的女人，不过，在看到与说出之间的两秒间隔中，戴维想到了那个更为年轻的克鲁泰奈斯特拉，在俄瑞斯忒斯与厄勒克

75

特拉[1]还很小的时候，在那个充满恐惧与罪恶的混乱下午之前的克鲁泰奈斯特拉——一个美丽的女人，轮廓清晰，意志坚定，坚韧不屈。让贾尔斯困扰的女人！他想。他应该更有判断力。

"请进，"雷切尔·麦里克说道，"我猜您是戴维博士。布利泽德先生给我打过电话了。"

"是的，我是戴维。如果可以的话，我想看看这栋房子。它的位置很好。"

"您来过蒂德维尔·圣彼得吗？"

"是的，的确如此。我小时候住在这里，但那是很久以前的事情了。我有很多年没来过这里了。这栋房子不是在我那个年代建造的。"

"我先带您到楼上转转，最后我们可以到客厅去。那里视角很好，有五个房间可以透过松林看到海湾的景色。"

麦里克夫人领着他穿过一间有着艳俗装饰的卧室，来到一扇大窗户前。

"在那里！"

"是的，太棒了，我在剑桥的宿舍清洁工会十分惊奇地称它为'一幅画'"。

1　厄勒克特拉：与俄瑞斯忒斯是姐弟关系，二人是阿伽门农的子女，共同弑母，为父报仇。

麦里克夫人是一名优秀的推销员，这件事和其他事情一样具有戏剧性。而戴维是个好顾客。他喜欢看房子和他人的财产，他总是喜欢欣赏让他高兴的东西。他会说，"我想租下这栋房子"，而同样喜欢美丽事物的麦里克夫人，对她的顾客感到很满意。

"就是这个房间。"她说着，把戴维领进了客厅。

戴维走到窗边，对房子整体感到很满意。他走到房间的一端，说道："我喜欢狭长的房间。"接着又走到房间的另一端，来到敞开的壁炉边。

"厄尔巴岛的吗？"他说着，指向那些大块的彩色石头。

"您是怎么知道的？的确如此，"麦里克夫人说道，"请坐。您去过那里吗？"

"以前去过，"戴维说道，"我不会忘记那些石头的颜色。我曾看到过，厄尔巴岛的岩石里有一百五十种矿物质。真的有一百五十种吗？我对此不太清楚。每个去过那里的人都会带些石头回来，那座可怜的小岛正在一点点被搬空。我不是在责备您，我自己也搬走过那里的石头。我看到您带回来的最好的那块石头就在前门那里。"

雷切尔·麦里克脸红了，就像人们通常的反应那样。但她还是被这无害却出乎意料的评论吓了一跳，这属于一种防御性反应。这个脸色很适合她。

"您太善于观察了。"

"您很擅长创新。许多住在蒂德维尔·圣彼得的人都会用从海滩捡来的石头挡门。我从不认为那种方式很优雅。那些石头属于海滩，放在门阶上看起来有点蠢。海滩上的石头让人想起的是浴巾、沙地鞋和保温瓶，还有小圆面包。"戴维稍停片刻补充道，"保温瓶和小圆面包，我们曾把那些面包称作法新面包。用一法新，即四分之一便士，你能买到十三个，而不是十二个——一打面包。现在想想是不是很奇怪？但我真的不喜欢把海滩上的石头放在家门口。它不是能放在家里的东西，它与保温瓶和小圆面包更相配。"

"我觉得您是海滩礼仪方面的权威。"麦里克夫人说道。

"我当然是……就像过去那样。时代变了。在我父亲的时代，顾及不同的保守程度，因此设置了不同的海滩：女士海滩、混浴海滩，以及非常时髦的绅士海滩。如果不想穿泳衣，可以走很远的路去对应的海滩。在海边，过去这样做很合理。但现在，如果这样做，可能会遭到逮捕。然而，时下，在舞台上表演，是可以脱下所有衣服的……这更不合理……而且人们对此毫不在乎。我们所有人都太奇怪了。"

戴维博士本可以继续滔滔不绝地讲海滩的事，而且他已经讲了这么长时间，因为这个时间段能让他多看麦里克夫人两眼。他猜测，麦里克夫人也有一点像石头。她长得很漂亮，但眼神冷漠。他猜想雷切尔·麦里克为人冷酷无情，做事大多我行我素，她会吸引男人并留住

78

他们，就像克鲁泰奈斯特拉那样。该死！

麦里克夫人站起身，打开了一张摄政时期的桌子的抽屉。"这里有房子和花园的照片，是今年春天拍摄的，"她说道，"您知道吗？房子最东面的那一小块是隔开的。这房子对我们来说太大了，所以我们做了一个有四个房间的小屋。当下，我们不得不做那种事，把小屋租给了冈扎贡小姐，但她总是不在家。她在村子里经营着一家古董店。"

许多张彩色照片……戴维将它们放在膝盖上整理了一下。小溪边的水仙花——显然是在斯塔宾斯的水上花园建造之前种植的。山茶花刚刚盛开，紫藤花在房子的东南面开放，房子的另一侧，一个人站在前门旁。

"那是我丈夫。"麦里克夫人说道。

她没有再说什么。戴维仔细看着照片，照片上的人身材矮小，皮肤黝黑，衣冠楚楚……看到亚当·麦里克生前的样子，是件有趣的事。

"非常感谢，"他说着，站起身，"这间房子真好。我要好好考虑一下。"

"布利泽德与哈波特房地产经纪公司有这个房子的所有信息，"麦里克夫人说道，"再见。"

在沿着车道往回走时，戴维整理了一下思绪，发现自己的思路并没有变得清晰。而前门那块厄尔巴岛的石英直到现在才被拿来做门当，这多少有点有趣。根据这张照片，那年春天，门口的石头还是从海滩带回的那块，与其他人家门口的一样。或者说也不太像其他人家门口的石头，那是一块经过精心挑选的石头，与厄尔巴岛的石头一样好，有一条漂亮的白色条纹围绕在它的周身，它就放在门旁。亚当·麦里克站在海滩石的旁边，在他身旁，一簇水仙花盛开着。

戴维沿着陡峭的山坡下山，到达村庄，他没有考虑那件事，因为那对他没有任何意义。由于他那不合时宜的关于海滩石的谈论，这些话在他脑海中来回打转。麦里克夫人，也许觉得自己受到了责备，一句话也没说。太荒谬了。

现在是四点一刻，到了喝茶的时间。喝完茶，他还要在奥特里旅馆悬崖边的花园中打个盹。他晚上六点要去亚瑟·帕斯利家。

四

贾尔斯先到了。戴维到达时，汽车正在车道上等着他。戴维在门口停下来，环顾四周。玫瑰小屋坐落在距离大路不远的地方，草地被一条小路一分为二，上面长满了蔓生植物，还点缀着薰衣草。在门口，堤岸与淡褐色树篱融为一体的地方，有两根用海滩石和砂浆做的短柱。这让戴维又一次想起了海滩上的石头，他犹豫了一下，想到自己是多不喜欢远离海滩的石头。这些石头迫使这条小路出现了郊区的景色，它们被涂上灰浆牢牢地砌在上面，看上去既古板又丑陋。石头与石头之间松松散散的，看上去破旧不堪。右边门柱上的顶石松动了，戴维把手放在上面时，石头在底座上摇晃着。他并不喜欢亚瑟·帕斯利家的大门，却非常喜欢他家的花园。

他打开大门，沿着小路走去。

玫瑰小屋，就像亚瑟·帕斯利告诉他的那样，被玫瑰覆盖着。屋顶用茅草盖住。窗户都是歪斜的。这里看起来就像童话故事中略带邪恶的插图。

他敲了敲开着的门，听到亚瑟·帕斯利喊道："请进！欢迎光临寒舍。您想喝点什么？贾尔斯说您喝威士忌。"

"贾尔斯说得太多了，不过谢谢您，我要威士忌。"

"还有水。"贾尔斯说道。

亚瑟·帕斯利拿来了饮品。"这里有一些雪景水晶球，"他说，"一共有二十五个。它们给人一种邪恶的快感，您难道不这样认为吗？我们在温暖的环境中，而那些可怜的动物永远困在了雪中。"亚瑟摇晃着其中一个玻璃罩子，"瞧！两个匆忙去上学的可怜孩子……又被困住了。他们就从来不会吸取教训吗？"

"不过，天气转晴了，"戴维说着，看着水晶球里白色的雪花渐渐消退，"可能要过几周才会再次爆发风雪。我总是乐意认为，有那么几天，他们上学的路上没有灾难。"

"我喜欢这些水晶球制作者的业余性，"亚瑟·帕斯利说着，用一种审慎的眼光打量着身边的学者，"它们的做工太粗糙了。如果里面的角色是切尔西或迈森的精致小生物，那么这场戏剧就连一半的说服力都没有了。"

"切尔西或迈森的人永远也不会让自己困在雪中。"贾尔斯说道。

戴维沿着那排水晶球向前走，仔细看着它们。

"喂！"他说着，拿起一个与众不同的水晶球，"这是什么？太轻了。"

"它是我们这个时代的产物。这难道不令人反感吗？"

"这是我们这个时代的典型现象，不牢固。"

戴维摇了摇水晶球。两个留着长发，背着吉他的男孩站在雪花飘落的雪地中。

"我喜欢这两个男孩，"戴维说道，"每个年代都有它的象征：1800年的乡村少女与快乐水手；而现在是弹吉他的长发男孩。但我讨厌这种轻飘的感觉。"

"我也一样。不幸的是，我被赋予了这种感觉。"

"啊！"戴维说着，轻轻地摇着另一个水晶球，在水晶球中的乡村墓园制造了一场风雪，"这太好了。我们再也制造不出这样的东西了。您说到了业余性，关键是所有的艺术品都比以前更专业了。想想二十年代的音乐派对吧……"

"抱歉，"亚瑟·帕斯利说道，"我 1930 年才出生。但我知道的确有这种东西。"

"的确是有的，你'带着自己的音乐上台'……如果你对自己被要求上台表演很自信，就大胆地上台，如果不自信，就偷偷地练习表演……而且，当你和一个从未与之练习过、厚颜无耻、弹奏得断断续续的演奏者合作演唱流行歌曲时，这种事在当时并不丢脸。英国广播公司把这一切都扼杀了。如今的业余音乐都必须很专业。业余爱好者的伟大时代已经结束了。"

"十九世纪吗？"

"正是。在那个时代，政客们把闲暇时间花在费力翻译《奥德赛》[1]或《埃涅阿斯纪》[2]上，这是公认的事。那个年代，乡村牧师们书写着从来都没有上演过的颂歌，甚至是清唱剧。我的祖父卡农·特睿伯曾以先知以利沙[3]的生平和作品为基础，用了三十年时间创作了一部清唱剧，并将它出版了，毫无疑问，是自费的。小时候，我和姐姐常常用钢琴

---

1 《奥德赛》：由希腊盲眼诗人荷马创作的长篇史诗，它与《伊利亚特》合称《荷马史诗》。

2 《埃涅阿斯纪》：古罗马诗人维吉尔创作的作品，是代表着罗马帝国文学最高成就的巨著。

3 以利沙：生于公元前九世纪中叶，是《圣经·旧约》中记载的一个希伯来预言家、以色列国的先知。

弹奏这首曲子。唱高音和低音时，一群滑稽的孩子组成了一支让人羡慕的合唱团——'上去，上去，汝这个秃头！上去！上去！上去！'——无礼的'秃头'重复着，超过了六页的内容，背景是'哈哈哈'的笑声。人们肯定意识到了先知受到了多么严重的挑衅。还有一场令人难忘的《熊之进行曲》，虽然我已经不记得它的内容了。"

"太可惜了。"亚瑟·帕斯利说道。

"看到荒诞的歌词，我总是感到非常高兴，"戴维说道，"音乐具有让荒谬的东西变得合理的力量。在普通的散文中，一个与罗马士兵生了两个孩子的德鲁伊教女祭司几乎不敢在庄严的仪式上呼唤贞洁女神。但在音乐中，她可以这样做，也的确做到了，还占据了相当长的篇幅……我想，部分原因是这些歌词通常被隐藏'在一门有学问的语言的体面的晦涩中'，就像吉本在《罗马帝国衰亡史》[1] 中令人吃惊的脚注那样。"

"我一直觉得，"亚瑟·帕斯利说道，"只有古典学者才被允许享受这些娱乐，这似乎非常不公平。是时候推出适合这个时代的新版本了。您不准备做这件事吗？"

"这不是我能做到的。"

"我太喜欢卡农·特睿伯了，"贾尔斯说道，"在写作的间隙，他还

---

1 《罗马帝国衰亡史》：爱德华·吉本所著的一部巨著，被认为是第一部"现代"历史著作。

有时间为人们履行牧师的职责吗？"

"我觉得是有的。那时，人并不多。他在蒂德维尔·帕瓦做了大概四十年的牧师。"

"戴维博士的家人来自这些地方。"贾尔斯对亚瑟·帕斯利说道。

"是的，我出生在这里。"

"您还想回来吗？"亚瑟·帕斯利问道。

"我在剑桥待得很好……不过，有时候我想最终回到这里。事实上，今天下午我还去看了一套家具齐全的房子，那是一栋秋冬会租出去的房子。松林小屋，我想您是知道那里的。"

我们总算是说到了那里。在随后的沉默中，戴维突然想到：真是个漫长而迂回的旅程，但我们最终还是说到了那里——松林小屋。

"是的，我当然知道，"亚瑟·帕斯利说道，"您见到著名的麦里克夫人了吗？"

"当然，她带我四处看了看。她什么都没有说，但我知道她去年四月不幸失去了丈夫。"

"是的，这件事很奇怪，但没有人发现任何肮脏的证据。因此，他们做出了公开的裁决。我想，那是场意外。"他故意拿起一个水晶球，里面有一艘船正掀起惊涛骇浪，他猛烈地摇晃它，制造了一场风雪灾害。

"这很好，不是吗？"他说道。

一瞬间，戴维担心帕斯利先生偏离了他精心引导的方向。"啊，当我们呼求汝时请侧耳倾听！"帕斯利先生把水晶球放回架子上，轻声唱着，"为那些在海上遇到危险的人。"然后他坐了下来，盯着戴维，似乎想换个话题。

不过，现在看来，亚瑟·帕斯利是故意制造了戏剧性的干扰。

"在一定程度上，"他停顿了很长时间后说道，"我是重要的证人。您知道，采石场景的入口，或者说冈维尔小屋，就像他称呼的那样，就在距离这里不远的拐角处，也就是说，我的后花园就挨着斯塔宾斯家的前门。我那天坐车去了埃克塞特，我很高兴能搭罗伯特·卡西利斯的车回家。我请他进屋来喝一杯，我们正坐在后面的客厅里，这时，亚当·麦里克怒气冲冲地来到采石场景，要告诉斯塔宾斯他对于那个愚蠢的水上花园的看法。卡西利斯立刻站了起来，说他不想听他们吵，而且，他本就没打算留下来。于是他走了，开车下山了。我不得不送他出门，不过，我没有送他到大门口。我尽快赶回了花园。我不像罗伯特爵士那样顾虑重重，我想听听那两人争吵内容中有没有有意思的，我也的确听到了。几乎都是亚当在吵，首先，他破口大骂，都是关于河流改道的事。欧内斯特·斯塔宾斯对此没什么可说的，他肯定知道自己理亏。而且，作为行政堂区委员会的主席，这也不是他应该犯的错误。他大声说这是无中生有的大惊小怪，大坝会在第二天查利斯将小岛完工后立即拆除。接下来，麦里克说，如果大坝在十点钟之前没有拆除，他就会将斯塔宾斯告上法庭，然后斯塔宾斯让他出去，再也不要闯入他家。"

"他真的这么说了吗？"

"是的，他这么说了。然后亚当·麦里克说了句奇怪的话。他说……当然我没有听到准确的话……'你和你的龙虾！好好想想，十点钟之前把大坝拆掉！'"

"随后，他一句话也没说，脚步沉重地走出了欧内斯特·斯塔宾斯的花园。接下来我听到亚当·麦里克朝采石场旁边的小路走去——那条通往他自己房子的小路。然后，我想我听到了有人沿着小路追赶他，但那个时候天已经黑了，我没有看见任何人。"

"您把这一切告诉验尸官丁吗？"戴维问道。

"我把大部分内容都告诉了验尸官，但我没有告诉他亚当的最后那句话。当一个人重复这句话的时候，似乎就没什么意义了。"

对戴维来说，这很有意义，但他什么都没说，只说了句："这件事太大了！"

"是的，"亚瑟·帕斯利说道，"的确如此。那天，吃完晚饭，园艺协会委员会在这里开会，我一直忙到很晚，因此，我对那件事一无所知。当然，直到雷切尔第二天一大早来我家告诉我，我才知道，那个时候我还在吃早餐。她非常痛苦，但还好，她后来很快就振作起来了。我把她送到大门口，但她不让我送她回家。她总是具有极强的……该怎么说呢……情境感。"

"这是种戏剧天赋，真的，"贾尔斯说道，"可以说，麦里克夫人会情不自禁地沉浸其中。"

"在这种情况下，"戴维说道，"很合适，她是位寡妇，我推断她做得不错。"

"她的确做得不错，"亚瑟·帕斯利说道，"我们再喝一杯吧。"

"不用了，谢谢您。我必须得走了。谢谢您的水晶球。我还可以再摇一个吗？"

"摇吧。"

"嗯，就摇这个吧：雪地里的雪人，那并不残忍，雪天是它最喜爱的天气。"

亚瑟·帕斯利把他们送到门口。

"太感谢了。真希望我们还能再见面，"戴维说道，"您家有电话吗？"

"是的，我经常打电话，"帕斯利说着，在客厅桌上的一本小便笺上潦草地写下几句话，"给您。蒂德维尔432。您偶尔给我打个电话，或者来坐坐。"

"谢谢您。"

"我载您一程。"贾尔斯说。

"太有趣了,"戴维在一分钟后说道,"我一直都很喜欢雪景水晶球。现在你能和我说说招待我们的主人是个什么样的人吗?"

"没什么可说的。他就是个闲散的绅士。"

"很罕见。"

"嗯,他大概在玫瑰小屋住了五年,没有人见过他谈生意。他总是在花园中侍弄那些花草。"

"他多大了?"

"他说自己是 1930 年出生的。"

"原来如此。"

贾尔斯把车停在旅馆的台阶旁。戴维将自己从车上拽下来。"我从来不能好好下个车,"他抱怨道,"原因可以二选一,要么是车的设计都是错误的,要么是我下车方式不当,就是这样。谢谢你。好的……再见,贾尔斯,还有,明天一早我就要去伦敦了。"

"我希望您会回来,戴维博士。"

"我一定会回来,当我回来时,我们还会见面的。"

贾尔斯在口袋中翻找着,"这是那篇新闻报道,"他说道,"希望您还没有放弃那件事,先生。"

"我不知道……真的不知道。我不能说自己发现了什么特别有趣的东西。"

"嗯，我想也是这样，但您有可能会发现。请不要忘记那件事。"

"我不会忘的，"戴维说着，向他挥手告别，"再见。"

除了接待员，大厅和休息室都空无一人，旅馆中的每个人都沉浸在晚餐中。戴维想着很快洗完澡后，他也必须去吃晚餐了。但当他转过身时，贾尔斯推开了玻璃门，挥舞着一张纸。

"您落下了这个，"他说道，"亚瑟·帕斯利的电话号码。"

"谢谢你，不过你不必为此费事的。"

"您要了这个号码的！"

"我只是问问他家有没有电话。"

贾尔斯用怀疑的眼神看着戴维。

"您不用问就能发现。"他说道。

戴维拿起了那张纸，把它放在西装背心的口袋里。

"是的，聪明人，我能发现。不过我没什么耐心。我在那个特殊的时间突然想知道，当然，它已经被我记住了。不要对我有偏见。再次再见了。"

"再见，戴维博士。"

贾尔斯走下台阶上了车，脸上挂着一抹神秘的微笑。他很兴奋。那个浪漫的年轻人想道：也许老戴维根本没有放弃调查……尽管他不明白亚瑟·帕斯利有没有电话到底和其他人有什么关系。大多数人都是这样好奇，但为什么老戴维会不耐烦？

　　贾尔斯感到困惑，但又有点喜出望外，他爬上了自己那辆老旧的车，按照他敢开的最快速度回了西蒂德维尔。他像往常那样，晚餐迟到了一点。

稿中隐心计 剑桥遇奇案

一

　　火车离开埃克塞特时，人们一定会向窗外看。那是必然的。无与伦比的埃克塞特山谷是报纸无法描绘的。右边是枝杈纵横的树林，左边则是河堰、水草地与远山。还有更为壮观的景象，没有什么比这更令人惬意了。戴维想到，他可能没有多少机会能看到这样的景色了，因此，他一直看着风景，直到铁轨与纵横交错的河流之间失去了联系，转而与拥挤的田野之间越发紧密时，才开始接着看报纸。

　　他没有看报纸的习惯，但他喜欢在火车上看报纸，他认为这是打发时间的最好方式，可以从中获得很多快乐……当然，不是从政治家模棱两可的借口与反诉，不是从货币市场的不可理解性，也不是从体育竞技的无聊报道中获得的。但他的确喜欢诽谤、盗窃和欺诈等比较温和的刺激，以及诸如此类的老式娱乐活动，还有关于书籍、戏剧与歌剧的评论。

梳理完报纸的内容后，他又朝窗外望去。"韦斯特伯里的白马"很快就要来了，他从不允许自己错过这一幕。

城镇附近通常都竖立着广告牌，不过，现在人们在田野中看不到这种广告牌了。这是件好事，他想道，他是怀着什么样的感情想起了那两个身材消瘦的人，他们曾背着一块木板穿过草地，木板上写着"霍尔的犬瘟"。他们都干了什么，而另外三个穿着白大褂、全力推荐瑞波林油漆的人又干了什么？第二个人在第一个人背上涂画他的信息，第三个人则在第二个人背上涂画。戴维小时候总是担心没有人在第二个人背上涂画任何东西。那些人现在又在哪里呢？毫无疑问，他们在一些保卫村庄的运动中惨遭放逐。嗯，是的……但他一直喜欢他们。他们拥有如此可靠的奉献精神，坚守着岗位。

铁路上另一个令人难忘的人物就是那个渔夫。他穿着油布雨衣，背着一条大鳕鱼。他住在伦敦附近，事实上，现在也是如此，现在他的广告牌还挂在斯科特乳剂工厂的门上。

思想比火车车轮、比声音都更为迅速。一句话和一个场景被人改变了，岁月也随之消融。斯科特乳剂，戴维想到，火车车厢消失了，而他在找寻的罗伯特——十岁的罗伯特——正将他的鱼肝油倒出窗外，曼格小姐碰巧就在窗下，他把一个正常的动作变成了一场精美的仪式。对罗伯特的回忆就是从这里开始的。

罗伯特、艾琳和唐纳德。

罗伯特、艾琳、唐纳德与亚当·麦里克。

他们都对亚当·麦里克感兴趣。

亚当·麦里克死了，死于砂岩采石场的一场事故。

如果不是那个叫贾尔斯的男孩，戴维就不会追查这件事了。贾尔斯对结果有怀疑，他这样猜测，是因为发现了什么别人不知道的东西吗？没什么有价值的信息。的确，那张照片表明艾琳认识麦里克的时间比他想象的要长得多……可能和唐纳德·布莱德在一起的时间也比他想象的时间要长。麦里克夫人一大早就去了玫瑰小屋。她是觉得打电话不够戏剧化吗？这些事情都很有趣，但他没有发现一件能让验尸官的判断产生异议的东西。

然而，罗伯特为何如此不安，以至于在那本蓝色笔记本上写下了那些文字呢？为什么他还拿着那本放在他胸前口袋的笔记本，那本艾琳让他毁掉的笔记本？戴维没有选择回答自己的问题，他靠在角落里，随着火车的节奏自言自语道："是贾尔斯的谜团，不是我的谜团。是贾尔斯的谜团，不是我的谜团。"

戴维心里想着：是贾尔斯的谜团，不是我的谜团。他一小时后才醒过来，醒来时已经距离伦敦不到一英里了。

想到自己错过了渔夫和鳕鱼的广告牌，他很恼火。

二

戴维住在切斯特菲尔德俱乐部，他在这里成功入住了最喜欢的卧室（他通常都会成功），卧室在屋子的后半部分，里面由约依印花墙纸装饰，在卧室中，可以俯瞰花园。

他收拾好行李，躺在床上（开心地小睡了一会儿），又重新穿好衣服，朝书房瞥了一眼，然后下楼去。这时，已经六点多钟了。起居室中，吃晚饭的人聚集在一起，一切都和往常一样。在远处的角落里，弗雷德里克·戴克正躲在晚报后面。在敞开的壁炉边，小威利·马钱特在和艾德里安·鲍尔索弗讨论收支平衡问题。康威·戈登正坐在他平常惯坐的位子上，向欣赏他的观众表演着熟悉的内容。戴维并不喜欢这种娱乐活动。他总是想打断他们，但别人附和的声音对康威·戈登来说就像另一个傻瓜对于可怜的约里克一样受欢迎，唉，约里克正在庭院里摆好桌子，时不时逗得全场哄堂大笑。

他迅速走到酒吧，在那里见到了乔治·坎特洛普。坎特洛普有着圆滚滚的肚子，正尽情享用着杜松子酒，以填饱他那又大又可爱的身躯。坎特洛普正是戴维需要的同伴。不久，他们避开长桌，在一个角落共进晚餐，谈起过去的日子与罗伯特·卡西利斯。

"我最后一次见罗伯特，"乔治·坎特洛普说道，"是在两年前的夏天……在厄尔巴岛。"

刀叉架在一块相当美味的烤比目鱼上，戴维飞快地朝桌子那边瞥了一眼，但乔治·坎特洛普没有看他。他低头盯着盘子，脸上带着暗自愉悦的微笑。他想说的话一定是有价值的，他只是在思考要如何说出来。

"那是在费拉约港，"他接着说道，"我住在附近的一家豪华旅馆里。一天晚上，我来到海边看风景——只有费拉约港才有的风景。不过，就风景而言，那条面朝海港的街道视角最好。"

"我知道。"

"夜晚的景色真的很美，所有游艇都并排停泊在码头上，还有水面上的灯光，港口对面远处的海岸在灯光中显得格外醒目……并不像有什么庆典表演，只是因为它们碰巧出现在那里。人们吃着饭，还有人在树下走来走去。那里的生活很简单，没有遭到一点破坏。嗯……当时我坐在咖啡馆外的一张桌旁，罗伯特走过来，对我说：'喂，乔治！我能和你一起喝一杯吗？'他说这话，就好像我们每天见面似的。而事实上，我们已经有至少二十年没见了。于是他坐了下来，我们聊了很长时间，聊到了一切，包括你。我会永远记得这件事，是因为正是在我们聊天时，罗伯特第一次遇到了他不久要娶的姑娘。"

"艾琳。"

"那是她的名字吗？他正在给我讲他在马来西亚的一次经历，正当他讲得兴致勃勃的时候，他的注意力被完全转移了。因为发生了一件事：一个非常漂亮的年轻女孩，约莫二十几岁，坐在了我们隔壁的桌旁。"

"啊！"

"罗伯特的目光不断地瞥向她，随后，当服务生走上前时，很明显，这个女孩对餐厅用的意大利语不是很精通，于是他探身询问她是否需要帮忙。"

"这个开场白太经典了。"

"我们开始交谈。这个女孩似乎来自港口的一艘游艇，我想，她并不喜欢自己的游艇。随后，罗伯特让她第二天来看看他的游艇……我想，如果我此时回到自己住的旅馆，会比较合适。我打算第二天去卢卡。从此，我再也没有见过罗伯特。但我听说他在三周后娶了这个女孩。"

"他们的婚姻幸福美满。遗憾的是，他们的幸福只持续了这么短的时间。"

吃着布丁——它是用蒙布朗栗子泥做的，栗子泥不是应季食品，而是从罐头里取出来的，但味道还不错——坎特洛普告诉戴维，他打算去南太平洋岛屿做一次巡航旅行。

"你吓到我了，"戴维说道，"除了库克船长的事之外，你没听说过南海泡沫事件吗？如果世界其实是平的，就像我一直怀疑的那样……"

"你真是个荒谬的老人。"

"因此，我有理由害怕，"戴维说道，"现在我必须离开你了……"

"不来一杯咖啡吗？"

"不了。如果我走进花园，我就会开始正常说话了。"

"我知道你会的。"

"我上楼有事要做。"

"关于罗伯特的事吗？"

"是的。"

"那我就不留你了。很高兴今晚在这里遇到你。"

"我也是。谢谢你的陪伴。晚安，乔治。"

于是，戴维上楼来到卧室，拿起三卷打印好的罗伯特传记，沿着走廊走了几步，走进了图书室。那里没有其他人。

他走到窗前，俯瞰花园，花园中，同在切斯特菲尔德俱乐部的旅客们正坐在那里喝咖啡、闲聊着。看着这群中年男人闲聊着，咯咯笑，真是一件有趣的事，这就是他们正在做的事。这一切听起来似乎很愚蠢，但又让人愉快。在隔壁房间，谈话不时被台球发出的无聊咔嗒声打断。

好了，好了，戴维心里想，愿上帝保佑众生。接下来，他放弃了偷听，坐到一把扶手椅上，调好一盏绿罩灯，把两卷打印稿放在他旁边的小桌上，另一卷拿在手中。他在卡德莱读过这卷书的前半部分，他自然读过：里面有很多关于戴维自己的内容。今天晚上他准备把整卷书通读一遍，就是把书翻一翻，看一看罗伯特是否留下了说明，有没有可能存在图解。

当然，戴维无意静下心来通读全卷书，但他的注意力一次又一次地被某个段落吸引住，接下来，他就会花几分钟时间与罗伯特遇到的中国牧羊人、库尔德强盗或希腊东正教僧侣相处。由于各种各样的原因，他开始读第三卷时，已经快十一点了。当他发现有罗伯特笔迹的纸的时候，已经是十一点十分了。这些纸被塞在打印稿的六十四页到六十五页之间。

起初，他觉得那几张纸是增补部分的草稿，即这部分新插入的内容。但里面的第一句话就否定了他的想法。"我卷入了一场谜案中……因为这个亚当·麦里克。"就在这时，戴维抬头看了一眼钟，是十一点十分。

因为这个亚当·麦里克。那本蓝色笔记本里的观点似乎总有些特别的地方。戴维一开始就意识到了这一点，但直到现在，他才突然明白了罗伯特的本意。罗伯特在调查这个悲剧时，并没有像侦探那样热衷于找出答案。他做这些笔记，是因为害怕某些东西。他是不是害怕找到的答案会把艾琳牵扯进来呢？他是不是一直试图让自己确信，她不可能与这件事有关呢？如果是这样，蓝色笔记本还不够。在这里，他似乎能够再试一次，更详细地记下他所理解的一些危险的复杂状况。"我卷入了一场谜案中。"很明显，这就是那几页纸放在打印稿里的原因：这是最好的藏匿之处。有锁的地方，都能找到钥匙；抽屉和箱子都会被翻看。不过，谁会想到翻一翻书架上装订好的打印稿里面呢？更不用说艾琳了，她已经打印好了手稿，当然也就不想再看一遍了……不想再用那种形式看一遍了。罗伯特没有想到自己会死。打印稿放在家里，是最安全的。而且，就算罗伯特真的出了什么事，这卷书也会交给他的遗稿管理人。让戴维带着它同样很安全。

现在是十一点十二分。他把那卷打印稿放在桌上。随后，他开始读纸上的内容。

三

我卷入了一场谜案中……因为这个亚当·麦里克。

麦里克去世的那天晚上，大约是在晚上六点三刻，我在亚瑟·帕斯利家，我把他从埃克塞特送回家，我们在他家后厅喝酒。夜晚，气候温和，窗户敞开着。他家后花园与斯塔宾斯家的前门花园相对。突然，我们听到斯塔宾斯家的前门那里发生了一场激烈的争吵。麦里克因为斯塔宾斯破坏小溪而狂怒。我不想听这些，而且我也急着走，于是，我就离开了。天越来越黑了，尤其是在路对面树木交织的地方。我上了车，经过小溪，刚要上山，车灯就熄灭了，是保险丝出了问题。我只能从车里出来，想办法修理。最终我将车灯修好了，在突然发出的一片光亮中，我看见一个人穿过车道，进入了麦里克的树林。那肯定是唐纳德·布莱德。那里有条路，直通麦里克家，最终可以到公共道路上。但我不明白他为什么会在那个时间走那条路。我在西蒂德维尔有事，但我七点三刻就回到了家。艾琳与往常一样……只是在吃晚饭时沉默不语。

晚饭后，她上楼到她房间里找东西，就在这时，电话铃响了。艾琳在楼上接电话时，我先在客厅里拿起了电话。我还没来得及说话，就听见唐纳德说："艾琳？""是我。""你听说了吗？"唐纳德说道，"他们发现了他……""亚当？""是的，他从采石场边上摔下去了，他死了。"我不想偷听……但又不想让人听到我挂断电话的声音。他没再说什么。我等待着楼上电话传来挂断的咔嗒声，随后，把听筒放了回去。

几分钟后，艾琳来到了客厅。我问道："是谁打的电话？"她毫不尴尬地回答道："是唐纳德。他想告诉我们，采石场发生了意外。亚当·麦里克从采石场边上摔下去了，听说他死了。"

她什么也没有隐瞒。然而，我突然意识到了两件事，唐纳德在麦里克的树林里做了什么？还有，为什么唐纳德说"他们发现了他"？就好像艾琳一定知道他指的是谁似的。当我想到这些的时候，思绪回到了去年十月，我们旅行回来的时候，艾琳的精神一直很好，直到弗雷泽－丹德里奇小姐来拜访我们，她对蒂德维尔·圣彼得过去一年里发生的一切进行了详细论述。艾琳当然不认识弗雷泽－丹德里奇小姐说的那些人，但她试着让自己看起来对听到的内容感兴趣。那位老妇人在站起身要离开时，说道："我还没告诉您松林小屋的事，它是麦里克夫妇的房子，那是对令人愉快的夫妇。男主人亚当·麦里克先生喜欢大海，喜欢在地中海航行。人们不常听到亚当这个名字。"

于是，她收拾起她那一大堆东西，摇摇晃晃地走向她的车。当我回到客厅时，艾琳正站在那里望向窗外。

我说："虽说打电话已经过时了……但总有些事情是必须要做的。松林小屋与我们离得这么近，你得给那里打个电话，

102

艾琳。"她转过身来，我惊讶地发现她的脸色苍白得可怕。她说道："不，罗伯特，不要让我给任何人打电话，我做不到。"我说道："我怕他们会觉得你没有礼貌。"她说道："我没办法打电话。你来打吧，罗伯特。"这不是个值得争论的问题……至少当时不是。于是我打了电话。（过几天，）麦里克夫人很有礼貌地回了电话。不过，艾琳当时出门了。

在那次电话后不久，艾琳就显得心事重重，她似乎在担心着什么事情。她会一个人到树林去。有一次，我发现她在读一封信，很明显，她不想让我看到信的内容。我当时没把这件事联想到亚当·麦里克身上，但现在我把二者联系起来了。我不禁注意到，在他死后，艾琳就恢复了活力，但我的精神在衰竭。我不能问她发生了什么，但我又必须知道，麦里克死的那天晚上，唐纳德在树林里，而且，艾琳知道唐纳德当时就在那里。还有其他人在那里吗？

我做这些笔记并不是为了破案（这可能不是犯罪，因为警方认为这并不是犯罪），而是因为我想说服自己，如果真的是犯罪，艾琳不可能与它有任何关系。我总是把这些东西写下来，它能帮助我理清思路。现在是七月，三月底的调查并没有解决我的问题，我想我应该放弃了。我今天又去废旧采石场看了，这已经是第四次了。我无法得到任何线索。从采石场出来时，我遇到了斯塔宾斯，他想知道我在做什么。他是最爱刨根问底的生物——伪善，真是该死的熟悉。我说我在唤起过去的记忆，我以前在那里与R.V一起玩过。他说他以前在那里见过我，多愁善感可不行，我们都会变老。在没有人确切知道你去过什么地方的情况下，在这么小的范围内，调查是很难有进展的。

我自然没有把这些事告诉任何人，不过我的确小心翼翼地问过亚瑟·帕斯利，他觉得麦里克的死是不是一场意外。他看起来颇为惊讶，我觉得这很正常。问一个人有没有疑问，就是在暗示问话人自己对此是有疑问的。他问道："您的意思是自杀？我不这样想。他为什么要这样做呢？"当然，我的意思并不是自杀。

我不能摆脱心中的疑虑。我像奥赛罗[1]吗？

纸上最后有一个日期，是在罗伯特去世的前两天。戴维脑中第一

---

1 奥赛罗：莎士比亚四大悲剧之一《奥赛罗》中的主要人物。他是威尼斯公国的一员勇将，与元老的女儿苔丝狄蒙娜相爱并成婚。后经奥赛罗手下的旗官伊阿古挑拨，奥赛罗相信其副将凯西奥与苔丝狄蒙娜关系不同寻常，在愤怒中杀死妻子。得知真相后，奥赛罗悔恨不已，拔剑自刎，倒在苔丝狄蒙娜身旁。

次产生了一个不受欢迎的想法。罗伯特对艾琳的爱……他对她声誉的担忧……难道让他精神错乱了？如果他的幸福被自己发现的邪恶所摧毁，他会不会宁可离开这个世界，也不愿与之共存呢？这可不像戴维小时候认识的那个罗伯特。不过，人老了会变傻。

壁炉架上的钟敲了十二下。戴维把纸放进了口袋，将书夹在腋下，走到门口，关上了灯。他低声嘟囔了几句，在黑暗中站了一会儿，仔细思考着罗伯特为何把自己比作奥赛罗。奥赛罗嫉妒凯西奥。难道他，或许，没有把心中所想的一切写下来？

戴维打开门，走进亮着灯的走廊，在那里停了一下，像往常那样，看着一幅画着漂亮鸳鸯的画，画中的雄鸳鸯正色眯眯地盯着他那顺从的夫人。对性格的研究与对羽毛的研究同样伟大。

五分钟后，他躺在床上，心中有些不安，但并没有因为有所发现而感到兴奋。他不知不觉睡着了。

他乘坐早班火车去了剑桥。

四

七月的剑桥美丽而宁静。长假已经开始了，这意味着只有一些有特殊工作要做的本科生会住在学校。现在是打网球的时间，是划平底船和独木舟的时间。但在这段时间内，船员是不能举办追撞船赛的。

105

戴维从车站乘坐出租车去学校，去学校的路很长。就像第一所女子大学为了保护年轻的女士们免受年轻男性淫荡好色的关注，选择在距剑桥大学有些距离的地方建造那样，因此，剑桥火车站也同样被谨慎的维多利亚时代的人民精心选址，距离大学尽可能远。他们必须跟上时代的步伐，但他们知道这样会带来污染。不仅带来灰尘和噪音，还会带来令人害怕的、不受欢迎的访客。让铁路尽可能不方便，是个好主意。

这种说辞一本正经，但它从道德层面出发，让剑桥的人感受到最大的祝福，并且让他们过着舒适的生活。正是维多利亚时代的排他性，导致现在圣尼古拉斯学院的研究员 R.V. 戴维博士给自己雇了一辆出租车，当他坐车沿着圣安德鲁街飞驰时，他回忆起自己在大学时代，甚至在毕业后的几年里，是如何选择坐在一辆光荣的双轮双座马车上，用双倍的时间到学校。人们总是认为双轮有篷单马车是淘气的十九世纪九十年代和爱德华时代的人的快乐。马车虽然数量减少了，但还是保留到了二十世纪二十年代。其中，有一两辆马车一直停在剑桥车站，与原始的出租车竞争。坐在马车上的记忆是对那些上了年纪的人的小小补偿……当出租车在圣尼古拉斯学院门口停下时，戴维是这样想的。

他将行李放在了大门口，腋下夹着那三卷打印稿，沿着长长的路走去。经过铺设的宽阔道路的两侧，是十七世纪的暗红色墙壁，它挡住了庸俗的目光，一边是大师的花园，一边是学者的花园。金鱼草从墙顶的缝隙中不经意地绽放。

门房领班江普先生正在值班。戴维请他安排运送行李。江普先生优雅地翘起他的鹰钩鼻，他承诺，只要找到合适的下属，就会负责监督这次行动。

皮尔斯沃西太太是宿舍清洁工队伍中最年长的工作人员之一，她正要离开学院，收起她那一长串钥匙。戴维见到皮尔斯沃西太太，总是非常高兴，因为她隶属于保守派，戴着一顶漂亮草帽，帽边有蓝色的缎带。宿舍清洁工们可能会戴一条围巾，但很少有像这样戴帽子的，显得太古板。在戴维的大学时代，对于宿舍清洁工来说，帽子就是他们办公的标志。一些特别守旧的人甚至还戴着软帽。

因此，戴维感觉皮尔斯沃西太太的帽子（当然，她戴了至少二十年）是新时代与旧时代之间的联系，当然也值得在"宿舍清洁的历史"中被提及。这项研究，他总是希望在为时已晚之前，让一些渴望得到博士学位的博士生们研究一下。

于是，戴维朝皮尔斯沃西太太笑了笑，询问她过得如何。皮尔斯沃西太太告诉了他近况，并补充道，她无论如何都不能抱怨，因为还有比她处境更糟糕的人。

"是的，的确如此，"戴维说道，"而且，就我自己而言，我总觉得这是种极大的安慰。不管怎样，早上好，皮尔斯沃西夫人。"

"早上好，戴维博士。"

"我一找到汤姆，您的行李就会送到。"江普先生说道。

戴维说："谢谢你，江普先生。"

就这样，寒暄结束后，戴维就穿过那座高耸的大门继续前行，用惯常的喜悦目光注视着一尘不染的草坪和鲜花装饰的、詹姆斯一世时期的朴素建筑。周围空无一人。

他穿过院子角落里的一个小拱门，进入巴克斯特的院子。他的宿舍——M在另一侧。在他左边，沿着铺砌的小路走，是荷兰花园。它已经以这样或那样的形式存在了三百年。

想到他知道那个花园的时间已经达到了它真正存在时间的六分之一，真让人觉得奇怪。戴维刚进圣尼古拉斯学院时，还有一位1840年进入学院的老学者。把我和老皮克林连在一起，戴维想，我们加在一起有这个花园的一半年龄。三百年在这样的地方根本算不了什么……什么都不算。

五

戴维来到剑桥有以下几个原因：这所大学就是他的家；他想把罗伯特的自传存放在他的房间里，这里很安全；此外，在这个特殊的夜晚，他答应去看《皆大欢喜》[1]的演出。这场演出经过了院长与其他教员的认可，将会在剧场角落的绿荫下举行。现在的大学都把精力用在戏剧上，并不仅仅是学校，还有当今社会。这个社会是跟随着先锋派[2]前进的社会。的确，在学生圈子中，先锋派戏剧形成了一支强大的队伍，很难看出背后有什么主体。每个人都在领路。

《皆大欢喜》似乎是一个过时的选择。戴维把这出戏剧与学校一年一度的授奖演说日联系起来。但他已经好几年没有看过这部戏剧了，他对戏剧中的语言充满崇敬之情。《皆大欢喜》，在树荫下，在七月一个凉爽的夜晚，听起来真令人愉快。

"你真让我吃惊，戴维。"考尔在大厅里吃晚饭时说。考尔身材消瘦，愤世嫉俗，而戴维，虽然没有以上两个特点，却很喜欢他。"你以为自己要去看威廉·莎士比亚的戏剧，你落伍了。最近我受邀看了一场《麦克白》[3]的演出。不知怎么搞的，他们推断出，那个神经质的男人是个彻头彻尾的恶棍，而麦克白夫人是不情愿帮助他的帮凶。然而，'我们

---

1 《皆大欢喜》：英国剧作家威廉·莎士比亚创作的戏剧，与《仲夏夜之梦》《威尼斯商人》《第十二夜》并称为莎士比亚"四大喜剧"。

2 先锋派：经常被用来指涉新颖的或实验性的作品或人物，尤其是对于艺术、文化及政治的层面。

3 《麦克白》：威廉·莎士比亚 1606 年创作的戏剧，与《哈姆雷特》《奥赛罗》《李尔王》并称为莎士比亚的"四大悲剧"。

不会再干这样的事了'又如何解释呢？你刚要问……"

"嗯……"

"啊哈！麦克白说那句话，只是为了试探她。现在的一切都得是新的，戴维。每件事都必须与以前不同，至于作者真正的意图……"

"演员们一直很难理解作者的意图。波特夫人，也就是加里克笔下的麦克白夫人，说她只读过自己要饰演角色的部分，并没有阅读过其他部分。"

"哈！"考尔的鄙视使在暗处的波特夫人变得面色黯淡。

"我记得有一次，我听到李尔王说出了那句著名的台词：'越淫乱越好。'突然间，我觉得自己根本不理解那句话，这真是种非常奇怪的感觉。"

"你这个老无赖。"考尔说道。

"我猜你不会再去看了。"

"当然不会，相对于数学来说，它肯定无聊得让人难以忍受。"

"啊，好吧，"戴维说道，"我喜欢新的作品。它们如果不好，很快就会自我证明的。我相信我们粗俗的笑声不会打扰到你。"

于是，不久，他就穿着件外套，拿了块毯子，去了剧场。七月的天气非常好，但在晚上十点以后，户外的天气就不可能很热了。

他在第一排找到了座位，坐了下来，环顾四周，突然大吃一惊。

空旷的草地上，掩映着像亚登森林那样古老的树木，还停着一辆奇怪的汽车。戴维意识到自己对圣尼古拉斯学院学生的判断出现了错误。他们同其他人一样，都是领路人。谢天谢地，他们很准时，月桂花丛中传出了节奏——鼓声、萨克斯管声、吉他声。戏剧开始了。

看来，罗兰·德·博伊斯公爵的长子是个小流氓，但他远胜那个篡夺爵位的公爵，那个庄园里当权的流氓。在那个人阴险的指挥下，这场摔跤比赛简直是惊心动魄，衣服几乎全给扒光了。这一切都很令人不安。当汽车开走时，车上载满了挥舞着冲锋枪、戴着头罩的人。

但与此同时，森林中有什么东西在动，是一个年轻人和他的爱人，还有一大群人。因为亚登森林不仅藏匿了被放逐的公爵和他的同伴，还隐藏了一群快乐的嬉皮士，他们脖子上挂着贝壳和蕾丝花边，头发上插着羽毛，对着便携式麦克风弹着吉他，用陌生的方式高唱着不朽的诗句。总而言之，贾克斯，穿着宽松的西装，抽着烟斗，神情阴沉，就像伦敦经济学院的退休老教师。《皆大欢喜》已经成为一部当代作品，虽然台词仍出自莎士比亚之手，但令人激动的是，这些台词听上去都很正确。"苦尽甘来"——戴维对这句台词印象深刻。

当演出结束时，月桂花丛中传来了音乐：鼓声、萨克斯管声、吉他声……演员们突然在观众中跳起了舞，并邀请他们过来一起跳，年轻的观众对此感到非常开心。不过，"我就不跳了，谢谢你，"戴维拒绝了那位试图劝说他加入狂欢队伍、态度友好的年轻人，他说道，"我昨天在报纸上看到，在老年人群中，没有什么比意想不到的剧烈运动更容易引发冠状动脉血栓了。恐怕就我的动脉而言，我是已经老了，但我的心还和你在一起。晚安，感谢你们所有人。"

"非常感谢，"年轻人说道，"我会告诉他们的。"然后，他跑去邀请一位年轻女子，她无条件地同意了。

戴维在树丛中择路返回了学院。但在冬天和恶劣天气到来时，该怎么演出呢？他想：我从来没有把这些放在心上。食物要怎么办？晚餐有一盘用白葡萄酒烹煮的牛杂，非常好吃。你在亚登森林究竟要如何做到这些呢？

户外剧场的古树中有许多方言招牌，学院建筑的玫瑰色砖墙上也有许多布道词。"我不会改变它，"他自言自语道，"就算有整座亚登森林，我也不会用它换巴克斯特的庭院。"

他正要转身进入 M 宿舍，这时，听到有人叫他。

"嗨！戴维！"

高级教师马克斯·马丁，刚从剧场跟随他出来。

"你对那场戏剧有什么看法？"

"请上帝和已故的布拉德利教授原谅我，不过，我非常喜欢这部戏。"

"我想你会喜欢的，不过没看到你跳舞，我有点失望。"

"有人邀请了我。"戴维带着明显的骄傲之情说道。

"那你拒绝了？"

"唉，是啊。"

"去我房间喝一杯？"

"谢谢你。最近，这种狂欢更适合我。"

马克斯·马丁也住在宿舍里。那是个古老的房间，天花板上的横梁画着中世纪的交织字母图案。它是圣阿纳斯塔修斯和圣女埃德温娜修道院的一部分，1472年被奥尔博特尔主教取缔。他把这里变成了一个学院。当戴维看着天花板时，他总是发现，自己想的不是建筑者的虔诚，而是最后那些顽皮僧侣的可耻行径。然后，他会低下头，看着十七世纪的镶板，在那里，学术前辈的画像被放在金色的相框中挂起来。另一个时代，一个不同的谜团。波尔多葡萄酒、鼻烟与学术研究都存在于此，为"假发的历史"这一研究奠定基础。

马丁一倒上酒，就说道："我很高兴你回来了，戴维。我想和你商量点事。"

"你说吧。"

"你知道，前段时间，有一个学院因为毒品问题惹上了麻烦，人们聚众吸大麻。这件事虽然不大，但也足以让警察去调查了。我认为他们没有发现什么严重的问题。嗯，问题很严重，可他们没有发现所谓的毒品存在的证据。但在几天前，我们的塔菲夫人发现了证据。她是H宿舍的清洁工，H宿舍在回廊的角落那里。"

戴维点了点头。没有必要告诉他H宿舍在哪里。

"她走进一个叫默特尔的大学生的房间，发现他已经不省人事。她急忙告诉了江普，江普又上楼告诉了我，随后，默特尔被送到了医院。他一直在吸一种被嬉皮士称为'雪'的毒品。问题是，他从哪里弄来的毒品？俗话说，一旦人们被什么东西迷住了，就很难从他们嘴里套出相关的话来。一方面，他们不会说真话；另一方面，我不想报警，警察什么都调查不出来，而报警只会招来绯闻和新闻记者。"

"警察会检查他的房间，"戴维指出，"那你呢？"

"当默特尔被送医时，我和门房领班都在那里。我们什么都没看到。塔菲夫人没有报告任何事。"

"你有钥匙吗？"

"不在这里。"

"你可以从门房那拿到钥匙。我们能去看看吗？"

"现在吗？"

"是的，趁塔菲夫人不在时去，倒是件好事。"

"是这样。好吧，一起去吧。"

学院中是有规定的。一般情况下，高级教师在没有门房领班带领

114

的情况下，是不能进入空房间的。但马克斯·马丁说道："我不想打扰你，江普先生。这只是件小事，我自己能做到，而你不能离开大门。"

而江普先生，他可不想半夜时在学校里到处逛，他很乐意放弃他的特权，只要人们承认他的特权是存在的。

于是，马克斯·马丁和戴维带着钥匙，穿过回廊的拱门。快到午夜了。透过拱廊，他们可以看到中间的小草坪，一半在小教堂投下的阴影中，一半沐浴在月光下。唯一的声音，就是他们的脚步声。他们没有说话，沿着回廊的南侧继续走着。在那里，也就是拐角处，是通往 H 宿舍的低矮拱门。在拱门的左边，黑色的地面用白色油漆涂画了三个名字：G.H. 乔伊西，K.W. 默特尔与 H. 甘布尔。

H 宿舍是学院中最古老的宿舍了，它被巨大的橡木梁框住，又窄又陡，窄到默特尔房间外面的楼梯平台只能容下一个人。戴维等着马丁把钥匙插进锁里。他没有看见那扇门用手一推，就开了，但他听见对方说："橡木门并没有关上，一定是塔菲夫人忘记锁上了。"随后，马丁跨过门槛，戴维爬上最后两级台阶，跟着他进来了。

小厅对面的内侧门立即被打开了。门背后可以看到默特尔的房间，在月光下如此宁静，让马丁有几秒钟犹豫着要不要打破这种宁静。

当然，在灯光下，这个古老的房间看起来并不那么漂亮。如果大学生有时间、金钱或者想法要享受舒适，对美沉思，这个房间本可以改造得更美。在这里，有一张普通的桌子，上面铺着难看的桌布。还有书：书架上的书，桌子上的书。在角落里，有一把装在箱子里的吉他。墙上挂着几幅抽象画的复制品,这些东西无疑反映了那个人的品位。那两把扶手椅都是前一位房客留下的，样式非常难看，他居然还能忍受。壁炉架上放着几张照片。

"太简陋了，"戴维说道，"没有什么能让人开心的。"

"有一个……"马丁开口说道。

"什么？"

"我正要说壁炉架上有个装饰品……但现在，它不见了。我之所以注意到这一点，是因为那是个现在再也看不到的老式雪景水晶球。只不过，那是件现代仿制品。塔菲夫人不会挪动它的……按照她宿舍清洁工的誓言，她不会这样做的。我想知道它到哪去了。"

戴维一动不动地站了几秒，眼睛盯着马丁大衣最上面的扣子。随后，他穿过房间，进入小厅，打开了外面的门。

"你在做什么？"马丁跟着他，问道。

"我想，"戴维说道，"这扇橡树门不是刚刚被打开的，我觉得它是被撬开的。"

"被撬开的？"

"是的，它被人弄坏了。"

"但是为什么……"

"我不知道……除非有人想要你所说的这唯一丢失的东西。"

"那个水晶球？"

"这只是个想法。如果你报警，警察可能会发现指纹，也可能不会；如果你不报警，你什么也做不到。无论如何，报警是很困难的，因为你在之前的事件中没有报警。"

"我不想报警。我希望……这不是什么大事，而报警会引发很大的骚乱。"

"这是件大事，"戴维说道，"我觉得你要离开这里。无论如何，我们今晚要离开这里。不过，如果你不想报警，你最好问问财务部门总管，能否把锁修好，否则塔菲夫人会就此散布闲言碎语。"

"恐怕事情无论如何都会发生。我要先走了，"马丁说着，小心谨慎地走下楼梯，"你要在这里待一会儿吗？"

"不，恐怕不行，我明天就得走了。"戴维说着，直到那一刻他才做出决定。

"我对此表示很遗憾。"

"我觉得你在那个房间里找不到其他证据，马克斯。"

"是的，我也这样觉得。"

到了大厅的楼梯脚下，他们就不再同路了。两人停下来互道晚安。

"谢谢你的到来。"马克斯·马丁说道。但戴维有心事，"那个水晶球是什么样的？"他问道。

"水晶球？它与老式的雪景水晶球不同，里面没有完整的风景，也不是用真正的瓷器做的。它很轻，里面有两个家伙在弹吉他。不过，很好用。我摇了摇它，就下雪了。你觉得这很重要吗？"

"可能是这样，我不清楚。不过，如果它真的很重要，也应该是在别的事情上重要，我觉得，与现在发生的事情无关。"

"太神秘了。"

"这只是个猜想。"

"好的，晚安。"

于是，马丁走上楼梯，回到他那间中世纪的房间，戴维穿过拱门，来到巴克斯特庭院，修剪整齐的紫杉树在草坪上投下了詹姆斯一世时期建筑的影子。但戴维并没有看这个荷兰花园。他走在路上，低着头，双手合十……摆出一副奇怪的僧侣姿态。在此之前，他这种姿态就曾经被骑自行车路过的粗鲁男孩们对着他喊过"阿门"。

他想起了玫瑰小屋，想起了帕斯利先生，想起了两个长发男孩在水晶球的玻璃顶下弹吉他，还有另外两个长发男孩在学院剧场的绿荫下弹吉他。这一切都非常贴切。

在这里他必会见到

没有仇敌冤家

只有雪雨风霜

这样想很好，但他轻轻摇了摇头，噘起嘴唇，皱起厚厚的眉毛。"这让我有理由可以睡个好觉了。"他爬上黑暗的楼梯，低声说道。

六

第二天早上，戴维赶上了九点钟去伦敦的火车。他的口袋里装着那本蓝色笔记本和他在打印稿中找到的那几张藏起来的纸。然而，他不再想已经死去的亚当·麦里克，他在想一个处于昏迷中的男孩——K.W. 默特尔。他很愤怒。

他把三卷本的自传留在了房间里，但他的行李又添了两件新的累赘，两件都很重。一件是他最好的雪景水晶球，他觉得帕斯利先生会对此感兴趣的；另一件是一个装有双筒望远镜的皮箱。他突然想到，欧内斯特·斯塔宾斯先生是不是在远处监视着自己？自己如果对欧内斯特·斯塔宾斯先生也采取类似的冒犯行为，或许是可以被原谅的。用双筒望远镜还可以看到海鸥、小船，以及大海……尤其是大海。

浪漫玫瑰屋 谜影又重重

一

　　玫瑰小屋距离奥特里·阿姆斯旅馆要步行十五分钟，沿着埃克塞特路走，在右边的小片公地和冷杉林旁下山。戴维顶着太阳，小心翼翼地把水晶球包裹起来，向前走着。

　　在主干道完全修好之前，他就已经知道了。那时，每一辆马车都在一片尘土中驶过。甚至有可能走了二十分钟，连一辆马车都看不到。如今，土路已经不存在了，它们都变成了车道。但许多房子还是老样子。右边的花园中有一株巨大的杜鹃花。从戴维记事起，它就一直在那里。那是一株深玫瑰色的杜鹃花，它总是比蒂德维尔·圣彼得的其他杜鹃花早两周开放。左边的房子有游廊,草坪上长着雪松。在戴维的脑海中,它永远和酸橙汁联系在一起。戴维的母亲不喜欢喝酸橙汁,但罗瑟勒姆夫人过去常常请孩子们出去吃午饭,而且罗瑟勒姆夫人总是喝酸橙汁。她还购入了《童子军》杂志。由于她与罗瑟勒姆先生都不是童子军队员,戴维过去很想知道她为什么要买这些东西。过了大约六十年,直到现在他才想到,几乎可以肯定,那个好女人是为了将杂志送给他才买下来的。天啊,他从前在蒂德维尔·圣彼得所感受到的善举,存在于那些早已被人遗忘的日子里。

左边山顶上的另一栋房子,靠近一条长长的、笔直的车道,道路两旁种着冷杉和杜鹃花。戴维一直很害怕车道尽头的那栋房子。有一位女士住在那里,没有人见过她。她是个可怜的病人,但这栋房子位于车道尽头,那种不可接近性让房子本身变得邪恶。甚至在今天,当大门打开,两个小男孩沿着大道骑自行车比赛,大声叫喊并按响车铃时,这栋房子仍给他一种蓝胡子[1]居住其中的感觉。

穿过车道,转个弯,就能到达玫瑰小屋。戴维走下山去,不久就站在了大门前。和上次一样,他等了一分钟才进去。他开心地看着薰衣草花畦后盛开的玫瑰,并对丑陋的门柱批评指点。红砖,古老的红砖,

---

1 　蓝胡子:法国作家查理·佩罗所写的民间传说中的人物,曾多次弑妻。

与玫瑰小屋相配。或者说，木桩就是它原本的样子。

随后，他打开大门，走上斜坡，经过一排倒挂金钟，敲了敲门。

"嗨！"帕斯利先生说道，"您离开的时间并不长，请进。"

"我离开是为了一个特别的约定，"戴维说道，"那件事已经结束了，然而，又发生了另一件事。我想我应该抓住这个机会回来，尽快结束在卡德莱的工作，所以我又回来了。我想趁机把我最喜欢的雪景水晶球带回来让您看看。说来也奇怪，这个水晶球的造景与众不同，请看。"

戴维打开包裹，把东西拿了出来。

"您看，就像我们有时候看到的那样：现在是春天，田野中有一只绵羊和一只小羊羔，下着雪……不过，天气转晴了，它们就在草地上，周围开着小花，背景里的树木也长了新叶。我觉得它很美。"

"的确很美。我从未见过这样的水晶球，我可以摇摇它吗？"

亚瑟·帕斯利又摇了摇它。"雪天初晴，是最好的时候。制造它的人是个哲学家。"

"也可能不是，"戴维说道，"他更可能只是厌倦了做底座。"

"我觉得您需要喝点水，"亚瑟·帕斯利说道，"我去拿。"

"好的，您真是太好了。"

客厅和厨房只隔着一扇门。亚瑟·帕斯利拧开水龙头，戴维能听到水槽里哗啦哗啦的水声。尽管心怦怦直跳，他还是不慌不忙地穿过房间，走到帕斯利先生放水晶球收藏品的架子前，拿起了那个廉价的现代水晶球，轻轻摇了摇那两个弹吉他的男孩。他眼睛盯着门，将水晶球底座按照逆时针方向牢牢转了一圈。水晶球被拧开了，这是他能预料到的。底座上被挖了个相当大的洞，但里面是空的，而且很干净。然后，他摇了摇，制造了一场普通的风雪。很明显，可拆卸底座与玻璃穹顶并不相连。随后，他又瞥了一眼厨房门，将底座拧了回去，并将它放回展示架上。

他做完这些，就转身回到原位。亚瑟·帕斯利回来时，一只手拿着水杯，另一只手拿着罐头。

"我要发疯了，"亚瑟·帕斯利说道，"抱歉，我这么久才过来。我刚刚在开一个新罐头。"

"我对疯子的态度可并不好，"戴维说道，"他们经常成为负面评论的主角。"

落日的余晖照进客厅的窗户，像探照灯那样精确地照在架子上的水晶球上。由于戴维刚才的摇动，两个弹吉他男孩的周围仍有雪花轻轻飘落。

"我看您观察过弹吉他男孩的那个水晶球。"亚瑟·帕斯利说着，递给戴维一个杯子。

"是的，我的确冒昧了。我想看看那些水晶球的运作原理是否相同，看起来似乎是相同的。我记得，您说过您是从哪里得到它的？"

"我想我并没有说过。"帕斯利先生说道。戴维立刻就觉得自己应该换一种问法。这是个重要问题，传统意义上的陷阱。问"您是从哪里得到它的"就足够了。

不过，帕斯利并没有隐瞒任何事。"是雷切尔·麦里克给我的，"他说道，"她在简·冈扎贡的商店那里看到的，她以为我会想得到它，但她猜错了！"

"我想知道简·冈扎贡是在哪里得到它的。"

"您看起来对此很感兴趣。"

"是的，我从没见过现代版的水晶球。"

"或许她自己都不记得了。她这个人做事大大咧咧。您知道那家店吗？在前街。"

"哦，是那家！它是家旧货商店，对吗？"

"不完全是，但很明显，这是她的爱好。我觉得她并不穷。商店就在那些漂亮的房子中，花园一直延伸到悬崖上，花园和商店连在一起，这对她来说很方便。我就是在那里认识她的……她对花艺很了解。"

"我想，她其实住在松林的尽头。"

"是的。"

"冈扎贡……多好听的名字！她是当地黑手党的代表吗？"

“哈！”帕斯利说道，“您应该去看看简·冈扎贡。”

二

每个人可能都见过冈扎贡小姐。她坐在通往悬崖的花园尽头的凉亭里，一边喝着晚茶，一边凝望着远方的大海。她会不时审视围墙下左右延伸的悬崖小路，由于她的观察点位于小路上方约六英里处，她可以在路人距离她很远的时候就仔细观察他们，但当他们走近时，她就可以忽略他们。她就在他们头顶上方，眺望着波光粼粼的大海，人们很少会对她说“晚上好，冈扎贡小姐”，因为冈扎贡小姐总是陷入对“无限”这一哲学命题的沉思。她相貌平平，身材消瘦，约莫五十岁，穿着总是落伍多年，可以说压根不时髦，她甚至只喜欢穿高领衣服，佩戴宝石胸针。冈扎贡小姐很害羞，不过认识她的人都喜欢她这种简单的生活方式。她隶属于妇女协会，因为制作温柏果冻获得过一等奖，是园艺协会的秘书。她不时会毫不犹豫地把她那柔和的小嗓音献给当地合唱队的女低音组。她叔叔约瑟夫曾给她开了一家古玩店，有人听到他说过（但不是在冈扎贡小姐面前）：“简的面孔就是她的财富。她看上去那么天真，人们会认为他们在骗她，而实际上，却是她在骗他们。”

约瑟夫叔叔说得很精明。在她的羞怯之下，简·冈扎贡小姐的内心有一种力量。当她还是个孩子时，她曾想成为一名男孩；作为女孩，她也曾想成为那些勇敢的女人中的一员，骑着骆驼穿越撒哈拉沙漠。而现在，她已经人到中年，早就放弃了这样的雄心壮志，通过经商，她找到了实现她最初愿望的奇妙方法，这让她无比兴奋。她喜欢交易，崇尚拍卖，带着爱德华时代女家庭教师的温文尔雅，但她偶尔也会参加一些非法的"拍卖活动"。其他商人都在背后称她为戈莱特利夫人。

今天晚上，她坐在凉亭里，喝着茶，看着海鸥和划艇，远处的地平线上还有一艘游艇。过了一会儿，她从座位旁一张由于天气原因变形的桌子上拿起几封信。主要是拍卖通知、顾客的一封信、一两张汇票、一张支票以及一封来自约瑟夫叔叔的信。这些她都已经读过了。现在她把这些信整整齐齐地摆在桌上，把约瑟夫叔叔的信又读了一遍，然后撕掉了。随后，她抬头看了看天空，一片云也没有，她确信明天会是个晴天。还有，后天，也就是周四，她将提早关闭店铺——她要到海滩上喝茶。

在蒂德维尔·圣彼得的海滩上走远是不可能的。那些石头是不允许你这样做的。你会打滑，会摔倒，你甚至很感激能一屁股坐下来。一般的度假者都很懒散。去多远的地方，人们都会开车，而不是步行。走到蒂德维尔·圣彼得海滩的一百码处，最顽强的人就都气馁了，甚至在紫外线最强时，海滨大道附近的海滩也可能会人满为患，而大海湾的其他地方也都无法租赁占位……因为那些石头。然而，沿着悬崖

126

小路走到山脊下的海滩还是有可能的。如今，山脊下的海滩，或者更远的地方，在几乎全是滑道的小沙湾中，都会有一场竞争，或者还有其他可以乘船到达的海滩。冈扎贡小姐拒绝滑倒，但她也不反对竞争。她做好了心理准备，去山脊下的海滩。要带西红柿三明治和煮熟的鸡蛋，冈扎贡小姐想着，用一种诚挚的表情凝望着大海。

三

晚饭后，戴维给艾琳打了个电话。打这个电话并不容易。他说过，自己已经在书房完成了工作，现在他却又回来了。必须有个理由，而且，看起来他可能必须要说清楚。但艾琳对此并没有感到意外。听到他的声音，她似乎很高兴。"我会让唐纳德来接你……你想九点半过来吗？"

"是的，麻烦你了。"

"就定在九点半了。"

"晚安。"

艾琳打电话干脆利落。这是女人们身上罕见且令人钦佩的品质。

戴维回到休息室，坐到扶手椅上，大略看了一下休息室里的人。有些人与上周不同。不过，人虽不同，谈的话题却是相同的。那么多白色的永恒海浪——那么多寡妇，她们谈论着有关死者的话题。"我好久没有听到玛格丽特的消息了。""玛格丽特死了。""她死了？我不知道啊！"罗斯玛丽也死了，珍应该是活不过这周了。他觉得，这是个很自然的话题。老妇人们很高兴，自己打败了玛格丽特、罗斯玛丽和珍，但比赛并没有结束。

戴维闭上了双眼，真是漫长的一天，他觉得自己几乎无法做任何有用的思考。他确信亚瑟·帕斯利的雪景水晶球应该就是 K.W. 默特尔壁炉架上的那个。他从一开始就问过自己，为什么会有人闯入大学生宿舍，偷走一件廉价的装饰品，除非那里面藏着什么东西。他现在毫不怀疑它里面藏着某些东西……在它可拆卸的底座中藏着什么东西。水晶球中的"雪"！这种做法太可恶了。

亚瑟·帕斯利家里那个水晶球中的洞已经被清理干净了。他知道水晶球中有洞吗？帕斯利什么也没说。是因为他没有什么可说的吗？因为他对此毫不关心吗？可能是这样的。不过，戴维很明显地感到不舒服，帕斯利的确注意到了，他对吉他手的水晶球特别感兴趣。运气太差了，他被一抹阳光出卖了。

戴维博士浅眠了一会儿。他醒来时还很早，才晚上十点半，但休息室中空无一人，永恒海浪——那些老妇人已经回到了房间。

睡前，他走进花园，听着悬崖下其他海浪涨落的声音。但此时正值退潮期，海面风平浪静，几乎听不到海浪拍打鹅卵石的声音。

再探采石场 惊现海滩石

一

"我们去玫瑰园中坐坐吧,"艾琳说道,"时间还早,但在阳光下,不会有露水。"艾琳想要谈谈,戴维想,否则她会认为我需要去书房。他说道:"是的,的确如此,我们去吧。"还有一直犹豫不决地站在露台上的布兰奇,它也考虑了一下,决定陪他们去。正午时分,鹤嘴草丛是最好的地方,但在当天早些时候,玫瑰园发生了令人愉快的变化。她在较低的草坪上追上了他们,然后带着他们向玫瑰园的台阶走去,她的尾巴翘上了天。

"你说过已经完成了手稿整理的工作,R.V.。"

"的确如此。但我在打印稿中发现了几页纸,现在我需要核实一下。"

"纸上记录了什么内容?"

"过去几年的事情。"

"但这本书写到 1960 年就结束了。他什么也没有补充,不是吗?"

"不是那种意义上的。"

这变得棘手了,戴维想。但接下来艾琳说道:"说到那几页纸……我希望你记得把那本笔记本毁掉,R.V。"这件事由她亲口说出来,让人松了口气。

"那我希望你告诉我,艾琳,你为什么如此关注那本笔记本?那里面的推测晦涩难懂,令人困惑。你在担心什么?"

"听你的话,好像还没有把它毁掉似的,R.V,你答应过我,你会销毁它的。"

"如果你老实告诉我为什么那本笔记本让你害怕,我就会销毁它。"

"它并没有让我害怕。"

"不,它的确吓到了你。我给你看笔记本的那天,你突然脸色苍白,你在害怕着什么。"

"那天是葬礼举行的日子,我很沮丧。"

"还有别的事,艾琳,我希望你能告诉我。"

"我向你保证,R.V……"

"那让我来告诉你？你很担心，因为麦里克死亡那天晚上，唐纳德在麦里克的树林中。"

艾琳盯着他。他没有提出问题，而是像一些不受欢迎的占卜师那样陈述了一个事实。

"你是怎么知道……"

"是罗伯特告诉我的。"

"罗伯特！"

"在那几页纸中，罗伯特还告诉我，唐纳德在那天晚上给你打电话，跟你说麦里克死了。罗伯特当然想知道唐纳德怎么这么快就知道了。他很自然地想起唐纳德曾在树林中。这些事让他心烦意乱。你本可以向他解释的。"

"我没有。"

"只是因为你害怕让唐纳德卷入这件事。你不得不承认他那天晚上就在树林中，你知道这一点。你应该还记得他为什么在那里。艾琳，如果让你告诉陪审团这些事，你可能会害怕。但你没有理由害怕我。"

"罗伯特……究竟知道多少内情呢？"

"这个我说不准。但他知道你有麻烦了。他认为唐纳德是在代表你行事。他还能推测什么呢？这是真的吗？"

由于艾琳没有回答，他继续说道："我要告诉你一个秘密，艾琳，如果我们还要继续谈下去，我得告诉你这个秘密。亚当·麦里克是否死于事故，的确存在一些疑问。"

他等待着回应，但她什么都没有说。

"我想，你相信唐纳德。你认为他与那件事没有关系。"

"他当然与那件事没有关系。"

"但你下定决心不讨论那件事，是因为解释会公开你自己生活中的一些秘密，一些你想瞒着罗伯特的秘密。你应该明白，让谋杀案真相大白比保护你的秘密更加重要。如果你告诉我真相，这可能会对调查有帮助，同时又不一定非得暴露你的麻烦。如果你不告诉我真相，而这次调查必须在没有你帮助的情况下完成，你可能会发现，你的秘密无论如何都会被意外泄露出去。"

他看着她，请求她说出来，但艾琳没有回答。他等待着，在等待的同时，他注视着美丽的布兰奇，它正在石板上伸展身体，它与一切都很相配。然后，他越过玫瑰花丛，朝花园东边圆形壁龛那里的农牧神望去。太阳刚刚爬上紫杉树篱，照在他的肩膀上。接下来，他回头看向坐在他旁边柚木长椅上的艾琳。

"艾琳。"

她还是没有说话。

"艾琳，请你说点什么吧。现在说出来又有什么关系呢？无论如何，都已经结束了。"

"它并没有结束，R.V.。只有知道了亚当·麦里克的死因，那件事才会结束。"

现在轮到戴维感到惊讶了。

"所以……你对此也有疑问。"

"我当然会有疑问。谁又会没有疑问呢？那天晚上，亚当·麦里克让我去树林见他。唐纳德不许我去，他说他会和亚当·麦里克摊牌。亚当·麦里克死了，除非有确凿的证据，否则总是会有疑点的。你可以完全相信一个人……可是，可是由于有些事无法解释，你们之间也会有避而不谈的事。我当然不相信那件事与唐纳德有关，但我想证明那件事是其他人干的。"

"你最好还是从头讲起，好吗？"

"嗯，我现在并不介意我要从哪里开始说了。我和唐纳德是两年前在伦敦认识的，在我嫁给罗伯特之前。我们是第三代的表姐弟，但我们之前并不认识。我们成了情侣——是那种吵架后和好，再吵架再和好的情侣。有一天，我们看到了一则'坐游艇出海游玩'的广告，于是就登上了'雷切尔'号游艇。那艘游艇是亚当·麦里克先生的。这可真是场灾难！在游艇上，麦里克夫人看上了唐纳德，她对唐纳德纠缠不休。我对此很痛苦，唐纳德也很痛苦，真的。当然，我们就吵了起来。最后一次争吵发生在费拉约港。那天晚上我一个人出去吃饭……我就这样遇上了罗伯特。我已经调整好了心态,准备开始一段新的感情。我怎么会有这么好的运气,太出乎意料了! 我遇到了我的挚爱,罗伯特带给我太多惊喜。"

"他的确是这样。"

"他有着四十岁男人的心,三十岁男人的魅力。在那一刻,他是我唯一的男人,我完全爱上了他。"

"他也为你坠入了爱河。"

"和罗伯特一起环游世界是一种纯粹的快乐。他是我见过的最有吸引力、最见多识广、最有趣、最善良的人……可是……"

"可是什么? "

"可是他都七十岁了。有时,我会想起唐纳德,真希望我和他没有吵架,真希望我可以同时拥有他们两个。这听起来很糟糕,我不想这么坏,R.V.。"

"你并不坏,艾琳。你只是太坦诚了。"

"当我们回到伦敦时,报纸上提到了我们回来的消息。你知道,就是八卦专栏里那些令人不快的熟悉段落。"

"我完全明白。"

"其中一条提到了我们住的旅馆。一天下午,罗伯特不在家,唐纳德打来了电话。我不指望你会同情我。我爱罗伯特，我的确爱罗伯特，但我也爱唐纳德。这听起来很疯狂、不体面、不公平、很贪婪……但我同意欺骗罗伯特。唐纳德想要写作，他想待在我们可以见面的地方。我请求罗伯特，让他住在门房里，做我们的司机。当然，我们经常见面。"

艾琳回忆了他们三人的故事，她停了下来，弯下腰，在两块石板之间扯下了一朵野生三色堇。她坐在那里，手指拿着它转动了几下，随后，她把花一扔，花掉在了布兰奇身旁，似乎放在那里很合适。"三色堇，布兰奇与一切都相配。"戴维反复对自己说道。

"回家三周后，我们的幸福就结束了。有人打电话来，提到松林小屋被一个姓麦里克的人买下了……是亚当·麦里克。这究竟是个巧合，还是他早就知道了，我不清楚，但亚当·麦里克自那次游艇航行回来之后，就在蒂德维尔·圣彼得定居了。他在我听到消息后不久，就开始联系我。这是敲诈的绝佳机会，他也那样做了，这就是我要说的一切。现在你能理解我为什么对与他相关的事感到紧张了吧？他的死让人松了一口气……然而，新的忧虑接踵而至。他是怎么死的？他为什么会死？然后，罗伯特就开始对这个案子感兴趣了。"

"所以那本蓝色笔记本的出现，并没有让你们感到意外，是吗？"

"是的，他对那件案子存有疑虑。但我不能确定他在怀疑什么。出于内疚，我害怕他怀疑我。不过，如果他怀疑的不是我，而是唐纳德……

那就更糟糕了，因为这意味着他找到了怀疑唐纳德的证据。"

"但他去树林是有原因的，不是吗？罗伯特看到他走进了麦里克的树林，听见他给你打电话，告诉你麦里克死了。这又如何解释呢？"

"我不知道，R.V，你必须去问唐纳德。我很高兴你能让我开口，但我说得已经够多了。"

"在这件事上，我们的立场是一致的，艾琳。如果你不介意的话，我要去找唐纳德了。"

"他在门房小屋。他十二点要送我去埃克塞特，所以……"

"所以，再见了，还有，感谢你对我的信任。"

他转身在台阶上挥了挥手，看见艾琳正直挺挺地坐在长凳上，俯视着湖面。她脸上宽慰的表情与她那天归还笔记本时的表情相同。因为笔记本里的内容不够清楚、充分而高兴，真是个古怪的女孩，戴维想。而布兰奇，见他犹豫不决，便决定陪他短暂地散个步。它挺起身子，神气十足地跟在他后面。戴维等待着，在它经过身边时轻轻抚摸它，因为在与朋友一起走时，布兰奇喜欢带路。

"怎么了，美女？"当他们到达露台时，戴维说道。布兰奇翻了个身。

"我有了个好主意，"戴维说道，"虽然对我来说，还有点早，但恐怕我还有事要做，再见。"

布兰奇没有回答，它已经发出咕噜声，打起盹儿来了。

二

戴维沿着车道走了二百码，一直走到酸橙树大道的起点，在那里右转，沿着一条更窄的车道，走到杜鹃花丛中。杜鹃花的花期已过，因此显得很黯淡。从那里走到唐纳德的门房小屋只需要五分钟。

在建造这座门房的罗伯特爵士所在的时代，小屋的管理员需要想方设法提供完美的服务。门房的一扇窗户朝向大门，另一扇窗户朝向车道。唐纳德把他的写字桌放在朝向车道的窗边。走近时，戴维可以看到他站在那里，背对着窗户，正在打电话。那是门房与正屋之间的专线，因此，是艾琳在和他通话。她这样做是合乎情理的，却也为这栋小房子平添了一丝阴谋的气息。如果不提前打招呼，他会更高兴。

唐纳德听到他的脚步声，打开了门。

"请进。"

"在你工作时打扰你，真是抱歉，"戴维说道，"……我相信在这么好的工作日，你没有在读报纸或者听无线电广播。"

戴维又说道："你可以坐下来吗？我们谈一谈。"很明显，他没有在开玩笑。

"我和艾琳谈过了，"戴维接着说道，"我们谈话中的一部分内容，她让我最好和你谈一谈，我也这样想……所以，请坐，唐纳德，我可以和你聊聊吗？"

他开门见山，直奔主题。艾琳已经提醒过唐纳德，戴维会问什么问题。拐弯抹角越少越好。

"出什么事了？"唐纳德问道。

他很谨慎，戴维想道。如果他有什么隐瞒的话，我是不会从他嘴里套出什么话来的；但如果他没有要隐瞒的，他一定会说些有用的话。他为什么那么快就知道了麦里克的死讯呢？

"唐纳德，我本不想深入调查的，但我发现罗伯特对亚当·麦里克的死严重怀疑时，这让我很不安。你还记得那个笔记本吗？"

"记得。"

"在那之后，我发现了有关记录的纸张。"

在任何叙事中，真相被发现的一刻都是富有戏剧性的。正常情况下，倾听者会迅速倒吸一口凉气，睁大双眼，抓住椅子的一侧，深感惊讶。然而，唐纳德并没有这种反应。"艾琳一直在找这种东西，"他说道，"不过，她什么都没找到。"

"你早就料到会有笔记吗？"

现在是戴维感到惊讶了。

"是的，罗伯特对此产生了兴趣，起了疑心，最后深度卷入其中。他满脑子都是亚当·麦里克……他喜欢把自己的想法写在纸上。我们确信在某个地方会有笔记。他记了些什么？"

"他说那天晚上看见你走进了树林,他还说他听到你打电话给艾琳,告诉她麦里克死了,这显然是在贾尔斯·吉福德和杰森发现麦里克后不久。罗伯特自然对此很感兴趣,同时,他也感到困扰。既然你知道,我了解的和我说的同样多……你可以告诉我剩余的内容吗?这应该不会对你造成伤害。"

"我不明白,您为什么就不能不去管它呢?"

"这是有原因的。"

"四个月前,我是不会告诉您的……不过,好吧,我现在就告诉您。"

"谢谢你。"

"您已经知道我为什么在树林里了。我去那里找亚当·麦里克。他以为他要见的是艾琳,不过,我是不会让她去的。亚当·麦里克在勒索她,对付勒索的人可以走合法的程序,但这些方法都很困难,罗伯特会发现的,艾琳害怕变成那样。她的确爱着罗伯特。"

"我知道她的确是这样。"

"对付勒索的人,最好的办法就是揍他一顿。我已经准备好了要这样做,他也不会抱怨的。我太了解他了。"

"我走到采石场后面的松林时,已是黄昏时分。见面的地点就定在那里,我等待着,他迟到了。随后,我听到小溪边那扇小铁门发出的叮当声,那是麦里克家的后门,通往公共道路。"

戴维点了点头。他知道蒂德维尔·圣彼得所有东西的位置。

"这让我很吃惊。我以为他会从房子那过来。不过，如果他是从公共道路上来的，那就可以解释他为什么会迟到了，他在某个地方耽搁了一会儿。于是，我等着听他走在路上的脚步声……然而，一直都没有声音。我不明白，他不会不来的。接下来，我听到了一件让我大吃一惊的事，我又听到了小门的声音……门闩打开了，接着是门闩旋回原处的叮当声。那意味着：要么是进来的那个人又出去了，要么是又有一个人进来了。我又等了一会儿，我的确听到了脚步声。随后，传来了砰的一声，接着是一声哀号。在片刻的沉寂后，远处传来水花飞溅的声音。我当然知道发生了什么事，有人掉进采石场了。

"我看不到其他人，树林里很黑。我走到采石场边缘，从那里望过去——我什么都看不到。但我可以看到路上的人，我想那只是路过的人，他们选择了这个时间停下来聊天。我不能跑下小路，从大门出去。如果被认出来，我以后的处境会很糟糕。路人们继续向前走着，但那时我已经在害怕了。可能还会有其他人路过。我不能让自己下去，但想到可能有人需要我的帮助，我就感到毛骨悚然。"

"即使那个人是亚当·麦里克，也如此吗？"戴维说道。

"是的，我说过要打他一顿，可奇怪的是，我并不想杀死他。"

戴维点了点头。

"我听到树林里有声音，自然就躲了起来。随后我听到采石场有人说话。我蹑手蹑脚地回到悬崖边，看到两个拿着手电筒的人。我听到贾尔斯·吉福德说：'他在这里，巴兹尔。'所以我知道他们是谁。然后，我看见他们把他捞了上来，听到贾尔斯说：'他死了。'于是我沿着原路飞奔……来到松林的另一边，穿过车道，再回到卡德莱树林。"

"但你是如何知道那是亚当·麦里克的呢？"戴维问道。

唐纳德迟疑了一下，他似乎找不到答案。然后，他说道："一定是麦里克，巴兹尔·杰森在找的人，还能是谁呢？"

"当你和艾琳通话时，"戴维说道，"就好像艾琳一定知道你在说什么……你说的是谁。"

"我想她的确知道。她一整天还能想其他什么事吗？当她听到我的声音时，她希望我说的就是亚当·麦里克。"

"这就是让罗伯特担心的事。他知道你在树林里，他听到了你对艾琳说的话，似乎不用任何解释，她就听懂了你说的话。"

"我觉得您这么说有道理，戴维博士。"

戴维自言自语地说了一声"嗯"，又补充了一句"也许的确如此"。他对唐纳德说："关于麦里克，你还知道其他什么吗？"

"他是个无赖。在地中海，我确信他做过走私的勾当。"

"走私什么？"

"毒品。"

"在这里也走私吗？"

"我不知道。他做什么，我都不会感到惊讶。您为什么对这件事如此感兴趣呢？"

"因为我嗅到了作案动机。如果我要寻找一个杀死这个令人不快的、脾气暴躁、喜欢花朵的小人的原因，我会说勒索可能会激发两个……不，三个……潜藏的杀人凶手出现，仇杀的可能性占三分之一，同行竞争的可能性占六分之一。"

"同行竞争？"

"是的。没有什么比恶徒间的决斗更能引发死亡了。你还有什么要告诉我的吗？"

"没有了。"唐纳德·布莱德说道。

三

唐纳德提出要开车送他，不过，戴维更喜欢步行回去。现在才十一点，走一走对肝脏有益处，此外，他不想继续和唐纳德·布莱德说话，至少现在不想。

当他走到商店时，刚刚过十一点半。主干道上到处都是汽车，人行道上挤满了人，人们在商店中进进出出，在人行道上聊天，特别是很多人鱼贯地出入特平和旺纳科特的店。在这个时间，店里卖的咖啡和奶油蛋糕让很多老妇人慕名前来购买。上了年纪的老妇人们带着艳丽的小草帽，帽檐上插着一束束鲜花；上了年纪的绅士们也戴着某种遮阳的东西，但戴维注意到，七十岁以下的人几乎没有戴帽子的。他想知道，卖帽子的行业究竟发生了什么。人们依旧可以在橱窗中看到帽子，不过，是谁购买了它们？这个问题很容易被社会历史学家忽视。

他继续沿街走着，看着那些商店，希望人们永远不要那么喜欢破坏和改变。他仍记得那些房子大多还是茅草屋顶时的样子。不过，在很久之前这一切就已经改变了，可能是为了必要的防火措施。只是，把商店的牌匾撤下来，并不明智。那些用铬做的文字并不能保证更好的质量。商店老旧的小窗户让路过的人联想到其中隐藏的快乐，而又大又宽的窗户则只能让人想到这里都是拍卖品，如果你没有看到你想买的，那你就可以确定，他们也赚不到钱。

戴维沿前街继续走，在那里，小溪欢快地流淌着，沿着街道潺潺流向大海。不一会儿，他就来到了冈扎贡小姐的橱窗前。蒂德维尔·圣彼得有一些非常好的古玩店。简·冈扎贡的店不仅是一家古玩店，在两个镶珠脚凳之间，有一个漂亮的茶壶，有几本书，还有斯塔福德郡的画。透过窗户，他可以看到冈扎贡小姐正在接待一位女顾客。她那双相当大的手四处摆动，让人看不清楚，最后，这双手落在一个有光泽的牛奶壶上。她带着温和顺从的表情，将它举起来接受检查。戴维突然产生了一种感觉，他想看冈扎贡小姐在"上去，上去，汝这个秃头"中领唱女低音。

他对这样的推测感到开心，便沿着街道继续走下去，绕过海滨大道尽头那道古老的石墙，又沿着悬崖上的小路往回走，朝奥特里·阿姆斯旅馆方向的花园走去。但在回旅馆之前，他坐到了公共长椅上，长椅的另一端是一个饱经风霜的老头，他穿着一件双排扣戗驳头西服，一双蓝色的眼睛正注视着大海，仿佛大海就是他的书。戴维很快与他交谈起来。

"现在似乎已经没有捕鲭鱼的了。"

"一切都结束了。"老头说道。

"在我小时候，渔民曾坐在这里，望向大海，寻找鱼群，突然，有人尖叫起来，指向水中波光粼粼的一个地方。接下来，他们都冲向海滩，跳进船中，围成一个圈，撒下渔网。那离海岸很近。"

"的确如此。"

"然后他们会上岸，把网拉上来，孩子们也会帮忙拉。"

"他们的确会帮忙。"老人说。

"我过去常常帮着拉网。"戴维说道。

"是吗？然后呢？"

"然后，当猎物上岸时，我们常常会因为帮忙得到一条鱼。这恐怕会让渔民少赚一些钱了。"

"现在一切都结束了，"老头说道，"捕鲭船都到埃克斯茅斯去了。"

"真让人悲伤。"

"嗯，还有螃蟹和龙虾。沃尔特·福特，现在，他在捕龙虾。就是他，先生，从那里下去，到海滩上看管他的龙虾篓。在我小时候，他们在岩石那边的小海湾里，划一艘船就可以捕到龙虾，可现在他们得开着新式摩托艇，行驶好几海里，才能捕到龙虾。而且，现在的龙虾与过去相比，也好不到哪里去。"

有好一会儿，老头陷入了沉默，凝望着海湾，也许，他在回想过去捕鲭的日子。

戴维抓到了机会，低头看了一眼福特先生。他坐在海滩上 个翻过来的箱子上，就在冈扎贡小姐花园墙的正下方，他就一直待在那里。沃尔特·福特身材矮小，皮肤黝黑，而且，他遵循着早年间的习俗，耳朵上还戴着小小的金耳环。如果他声称自己是安布罗斯·法德尔名作中水手的原型，游客们几乎不会有任何怀疑。事实上，他的曾祖父就是画中那个水手的原型。戴维还记得自己小时候见过福特一家，他们看上去总是一副要去里约的样子。

"我呀，"老头突然回过神，说道，"我开始从事园艺的工作了。在这个地方，总是有园丁的工作，尽管有人对园艺一窍不通，但我总能拥有自己的小片花园。当然，在1918年的战争中，我在海军服兵役，失去了两根手指……在一次事故中，那是……"他说着，带着一丝自豪，"但那并没有什么关系，而且我已经从事园艺工作三十年了。我从前做四家的园艺，不过现在，那对我来说太繁重了，累得我腰酸背痛。随着年龄的增长，先生，人不能过于劳累，我想您已经发现了，我现在只做斯塔宾斯先生家的园艺，周一和周四，其余的时间我来这儿看看大海。"

"那您一定是查利斯先生了。"戴维突然说道，话语中满是对他的尊敬。

"是呀……我是查利斯。您认识我吗？"

"是的，的确如此。有人告诉过我，您是个很好的园丁。"

"是呀。"查利斯先生得意扬扬地说。

"斯塔宾斯先生的水上花园不就是您建造的吗？"

"是呀。我就在那个花园工作，先生。那天晚上，麦里克先生和斯塔宾斯先生大吵了一架，后来他就从悬崖上摔落，掉进了采石场里。我猜，您听说了那件事？"

"我听说的并不多。那时候，我不在这里。发生了什么？"

"嗯，事情就是那样呀，先生……"

于是，戴维有幸聆听了大师亲自演绎的查利斯传奇。"那真是个有趣的故事。"他总结道。

"那可太有意思了。"查利斯先生说道。

"就是在那之后不久，麦里克先生在他回家的路上，从采石场上摔下来了吗？"

"是呀，"查利斯先生阴沉着脸说，"他们是这样说的。沿着采石场周围的小路上山，真是种有趣的回家方式。"

"那附近没有其他人吗？没有可能看到事情经过的人吗？"

"没有那种奇怪的人，先生。我看见麦里克夫人下山到了水仙花丛中，那正是在我离开之前，但天渐渐黑了。她本应该已经回家了……用适当的方式。当我走出后门时，我看见冈扎贡小姐外出散步。她正站在树篱边，听着那两个人吵架，就像我一样。不过，当她看到我上山时，她就放弃了偷听，像个淑女那样，沿着路下山，还和我打招呼：'晚上好，查利斯先生。'我也回了句'晚上好，冈扎贡小姐'，我们对那两人争吵的事只字未提。那样做，就不礼貌了。"

"是的，"戴维说道，"我明白。您做得很对。"

"是呀。所以我们都在那里，在麦里克先生掉下去之前，我们都离开了采石场，先生。这是我知道的全部了。"

内容并不多，但比他从贾尔斯那里知道的要多一点，戴维一边沿着花园小路下山走到奥特里旅馆吃茶点，一边想道。

四

虽然戴维喜欢在下午打瞌睡，但当他的心和思想一起投入一场冒险时，他就会很清醒。今天午饭后，他闭眼打盹的时间不超过十五分钟。他又静静地坐了一刻钟，脑中不停地翻动着一些零碎的信息。随后，他站起身，拿起双筒望远镜，动身散步去了。他穿过旅馆对面村子里的街道，爬上小山，朝松林走去。他穿过大门，向左转，这样就经过了麦里克树林旁边的一条绿树成荫的小路，他找到了那天贾尔斯带他去采石场的那条小路。他想自己再看看那个地方。

老旧的采石场一片沉寂。池子里的水位降得更低了，伞骨暴露在空气中的部分也更长了，那只靴子肯定碰到了地面。一只鸟突然停在一棵小橡树上，叫了几声，就飞走了。空气中一片沉寂。

戴维记得，每次在这个寂静的地方和罗伯特一起玩侦查游戏时，他都会感到害怕，甚至到现在，他还能感受到那种熟悉的感觉，那种冰冷的手指戳在他脊梁骨上的感觉。他微微打了个寒战，决定向上爬，到太阳底下去。

向上爬了三分之一，他发现了一丛老灌木。这是个很好的掩蔽处，从树枝间看过去并不困难。他站在灌木丛后，拿出望远镜。他首先看了看玫瑰小屋，亚瑟·帕斯利正双膝跪在地上，勤快地种着菊花。他又向左望去，观察到了斯塔宾斯先生那荒诞不经的水上花园中的鹳、风车、桥梁和宝塔。再向上看，光秃秃的山坡上，斯塔宾斯先生几何形花坛里的颜色看起来很不协调。稍高一点的是灌木，最后，透过灌木丛中的缝隙，能看到斯塔宾斯先生本人，他躺在露台的躺椅上，望远镜放在他身旁的圆桌上。

双筒望远镜……又出现了。斯塔宾斯先生只是好奇心重吗？他就像贾尔斯称呼他的那样，是天生的好奇者吗？他是个鸟类观察者？还是采石场对他来说有什么吸引力呢？他有必要盯着它看吗？这些都不是事实，戴维告诉自己不要空想。他端详着斯塔宾斯先生，断定他睡着了。这是个不容错过的机会。他继续沿着斜坡向上走，走了二十步之后，他的脚趾绊在一块石头上，头朝下摔倒在地。这一次贾尔斯不在身边，无法抓住他。

"该死，"戴维大声说道，"石头没有权利躺在欧洲蕨中，它们不属于那里。"他爬起来，坐在地上，用手到处翻找，不久就找到了一块手掌大小、又圆又平的石头。"嗯，我真该死，"他嘟囔道，"一块海滩上的石头，就更没有权利在这里了。"他把石头翻过来，突然对它产生了兴趣。那是块海滩石，却又不是来自海滩上的。当然，它原本来自海滩，但不是最近才被放到这里的。石头的周身有一圈灰浆。谁都看得出来，这是块曾用灰浆砌在墙上的石头。现在，他问自己，为什么会有人搬走这样一块石头，为什么要把它扔在这里？在其他任何时候，这个问题似乎都没什么用，但今天，它让人想起他和麦里克夫人谈起过的海滩石，还有松林小屋前门照片上的海滩石。这让他想起了亚当·麦里克……身材矮小、皮肤黝黑、衣冠楚楚，已经去世。随后，他注意到，三根头发牢牢地嵌在灰浆的缝隙里。三根头发都是黑色的。

戴维把石头放回欧洲蕨中，静静地坐着。突然，他兴奋得动弹不得，他脑子里闪过各种想法。一块石头——一块猛敲一个男人头的石头——一个踉跄着走到采石场边缘、掉入水中的男人——距离一块石头太近，这块石头可以造成伤害，人们确信这块石头可以造成伤害。有人想出了这个绝妙的主意吗？用一块石头砸死一个人，然后把石头捡起来，放回原处？要是能把对人不利的证据砌在墙上，或者看上去就好像一直贴在墙上，那人们为什么不去这么做呢？可能是因为他（她）找不到这样的石头。一个人拿着手电筒在黑暗中找东西，很容易暴露自己。第二天，警察就要过来查案了。后来，在可能搜查的情况下，又似乎没什么必要这样做了，因为当局已经将其判定为意外死亡。在这种形势下，如果有胆量，最好让这块石头留在原地，最好永远不要再靠近那个地方。那可能是一系列决定，每一个决定都极其重要。是的，戴维摸着良心说，我到现在才真正相信了这一切。这里有一个可能是证据的凶器。猜想？推测？关于这些毛发，不用做任何推测或猜想。这是人的头发，黑色的头发。病理学家可以毫不费力地证明它们是麦里克的头发……如果它们真的是麦里克的头发。

那么，该如何做呢？他必须保护好这块石头，却又不想用手拿着石头走在大街上。这块石头又太大，放不进口袋。此外，不能蹭到石头上的灰泥浆和头发，他要保护石头上的证据。他得拎个手提袋回来。而现在，他必须把它藏起来……藏在更低的地方。这里往上的地方，处于斯塔宾斯先生双筒望远镜的监视范围内。难道是那个阴险的人有观察这个地区的冲动吗？这只是戴维的闪念，没有人知道。

没有人知道。

例如，戴维就不知道，他旁边有一个人，那个人就站在人行道上，离他只有几步远，站的位置比他高一点。空气中只有夏日的气息，但现在他又闻到了土耳其烟草的气味。他扭头向上看。

"下午好。"那个人说道。

"下午好。"

"如果可以这么说的话，您在悬崖边晒太阳，可不太明智。您在打瞌睡……"

"我没有打瞌睡，"戴维说道，"我正沉浸在冥想中。"

"关于采石场的吗？"

"不……是关于人的。"

"是个很好的研究，"男人冷冷地说，"但在其他地方进行会更安全。"

"您说得太对了，先生。"戴维说着，站起身来。

"我相信我在村子里见过您，或者是在悬崖上……在什么地方，我敢肯定。我叫巴兹尔·杰森。"那人说道。

"我是戴维。"戴维边说，边掸掉裤子上的几片草屑。"我猜您住在这里。"那人补充道，戴维就像从未在希腊神话中听过杰森[1]这个名字那样无辜。"我现在没有常居于此，但我很多年前住在这里。我喜欢四处闲逛，看看老地方，我还能记得它从前的样子。"

"好吧，别在这里摔倒……我就说这么多了。不久以前，有个人从这里摔了下去。这个地方应该用栏杆围起来。实际上，您的行为属于擅自进入私人领地了。"

"我想是的……不过，我希望，进入的不是您的领地。"

"不是我的。"

"我认为，它属于麦里克夫人。"

"是的，的确如此。"

1　杰森：即伊阿宋。在希腊神话中，他是成功夺取金羊毛的英雄。然而，他抛弃妻子美狄亚与孩子，妻子复仇后狠心杀死自己两个亲生儿子。最终，杰森(伊阿宋）在绝望中孤独死去。

"我认识麦里克夫人，我觉得她不会介意的。"

杰森先生看起来对他很感兴趣。

"前几天您不是看过房子吗？"

"是的。"

"您打算租下它吗？"

"我不确定。"

"好吧，别因为犹豫不决而错过。很多人都经历过那样的事。"

杰森先生没有解释他是如何做到如此了解麦里克夫人的。

"我必须检查一下我的钱包，"戴维说，"再见。"他带着和蔼的笑容补充道。他采用了贾尔斯用在斯塔宾斯先生身上的那种方法，并获得了相同的好效果。

"再见。"巴兹尔·杰森犹豫了片刻后，说道。随后，他沿着小路向树林走去，身后留下了土耳其香烟的淡淡香味。这让戴维回想起了二十年代的剑桥。那时，他也吸过烟，是那种胖胖的温伯格香烟，看起来很诱人……短暂的回忆后，他问自己，那个人在人行道上待了多久？戴维坐在那里，盯着那棵欧洲蕨好几分钟。他一意识到石头的重要性，就把它放下了……把它放下，以免用任何方式破坏它。他想，杰森观察他的时间很有可能并不长。戴维刚刚注意到香烟的味道，那人就说话了。他坚信，现在更有必要把石头藏在另一个地方了。

他捡起一根棍子，将它插入土中，给原来放石头的地方做个记号。地点要准确，这很重要。他捡起石头，小心翼翼地沿着斜坡向砾石坑走去。在他的左边，房门紧锁的小屋附近，有一片荨麻，荨麻后面是一大片紫柳。他用柳叶包住石头，以免割破手指。从车道与窗户的方向看，他被树木和灌木丛挡住了。没有人站在采石场边缘，石头放在那里很安全，除非有人在监视他。

放好石头后，他走到了路上，下山来到小溪边，又从另一个方向爬上了另一边的小山，经过亚瑟·帕斯利那栋用玫瑰装饰的小屋，他就这样走上了主干道。

回家的路上，他想起了杰森先生。此人身材高大、皮肤黝黑、相貌英俊、衣冠楚楚。他穿得太考究了，看起来不适合在乡间散步。贾尔斯说过，那个人是个代销化妆品的旅行推销员。戴维对此持怀疑态度：人们都知道那些化妆品定价过高，但获利的是生产商，代销化妆品不会赚很多钱。他觉得杰森先生一定代销了化妆品以外的东西。总的来说，他讨厌麦里克夫人的情人。

五

当他回到奥特里旅馆时，已经是下午茶时间了。因为贾尔斯有事，计划推迟，等他有空了，他们再一起去。戴维认为喝茶和休息比匆忙返回原地更重要。的确，他累了，需要喝杯茶。随后，他在口袋中摸出了那本蓝色笔记本。除了前四页，笔记本里没有其他字迹。他想把那些萦绕在他脑海中的想法写下来。

　　我现在认为，亚当·麦里克死于后脑勺受到重击，随后掉进砾石坑的水池中窒息而死。我可能找到凶器了，凶器上面的毛发可以证明。任何人都可以扔这块石头，但它是从墙上取下来的这一事实说明，做这件事的人经过了深思熟虑。肯定有人知道它就在那里，松动了，随时可以拿走。在某个地方，要么是有一堵有缺口的墙，要么缺口已经被本来不属于那里的东西填上了。发现这一点比在海滩上寻找一块特定的石头要容易一些，但也并没有轻松很多。

　　现在要确定凶手已经太迟了。我只能记下那些曾经在那附近出没的人。他们是一群好奇心很重的人。

　　首先是斯塔宾斯，他总是在生气，就像一个人在吵架时帮错了人，通常都会生气那样。他在蒂德维尔·圣彼得的地位突然受到了威胁。麦里克看起来有机会揭发他。对某些人来说，这当然是立即行动的好理由。西山上的花园设计得"色彩分明"。我觉得那里没有任何海滩石做边界。斯塔宾斯可能

155

尾随麦里克下了山，据亚瑟·帕斯利所说，有人这样做了。

其次是雷切尔·麦里克和巴兹尔·杰森，不妨将他们联系起来。我们知道，杰森出门了，因为贾尔斯说杰森在自己约好的酒局上迟到了。我们知道，麦里克夫人也出门了，因为查利斯看到了她。他们是情人。一对情人曾对女方的丈夫做出过令人讨厌的事。她的门旁有一块海滩石，但不是这块。我觉得松林小屋没有海滩石墙，但如果有人的确从墙上取下了一块石头，这并不意味着石头来自他们自家的墙。如果他们从别人那里偷东西，会更明智。

第三，是艾琳和唐纳德·布莱德。艾琳肯定是被麦里克敲诈了。很难想象她会与凶杀案有关系，但唐纳德可能做得出来。他当时就在那里，按照他自己的说词，他打算和麦里克摊牌。他讲述的其余部分都缺少了不在场证明……他说自己在大约五十码远的"别处"。这正是说谎者可能会编造的那种故事。

第四，我必须要加上罗伯特。他当时就在那里，但他写的笔记让人困惑。他很担心艾琳，但不知道出了什么问题。遗憾的是，那天晚上他必须要去西蒂德维尔，这让他穿过了采石场。他通常的回家路线是上山右转，而不是下山到小溪边。

戴维画了条线，然后，他在下面写道：

　　现在还有，亚瑟·帕斯利、查利斯与冈扎贡小姐。毫无疑问，任何人都能猜出他们的动机。但凭良心和我所掌握的事实，我却猜不出来。

　　老查利斯说"所有人"都从采石场离开了，但这就是在胡说。这只是给他的故事编造了一个戏剧性的结局。是他离开了，他并不知道麦里克夫人要走哪条路。而冈扎贡小姐要离开采石场，就必然会经过那里。冈扎贡小姐也有可能没到过采石场，但她如果想要以最快的路线回家，就肯定会走到公共道路，穿过水仙花丛，到达通往松林小屋的道路……她会穿过麦里克离开采石场时要经过的那扇门回家。在那种情况下，她一直紧跟在雷切尔·麦里克身后；而且，如果她恰巧在凶案发生地附近停留，她自己距离发生悲剧也不远了。相反，如果冈扎贡小姐从采石场后面那条树木繁茂的小路回家，她就不会在凶案发生时靠近公共道路了。

　　查利斯的话用来做证据，是逻辑混乱的。不过，如果没有他，我们也不会知道那两个女人之间的距离这么近。也许，太近了。她们不可能知道，麦里克会被斯塔宾斯耽误行程。

接下来，他又画了一条线，想了一会儿，他写道：

很明显，如果能确定石头的来源，这项调查将会有进一步的推进。

然后，他又画了一条线，合上笔记本，把它放进口袋，靠在椅子上，闭上了眼睛。他不知不觉地、愉快地打起了瞌睡。戴维几乎可以像美丽的布兰奇那样轻而易举地做到这一点。

在休息室的一角，瓦切特夫人把目光从小说的书页上移开，从眼镜上方望向房间的另一边。瓦切特夫人住在旅馆里，她每天读一本小说。她是一位讣告作家。正是她知道了玛格丽特的死讯。瓦切特夫人刚喝完茶，戴维就进来了，她立刻认出了他——是她一个人在休息室时看到的那位老先生，他每天下午回来，行为举止都很古怪。他坐在那里，皱着眉头，在笔记本上匆忙写着什么，她担心，他有点疯了。现在他已经睡着了，接下来，她猜想，他会坐起来，大声说一句"当然"。

但接下来发生的事是年轻的贾尔斯·吉福德走进房间，走到这位老先生面前，老先生立即睁开眼睛开始说话，就好像他根本没睡着过似的。瓦切特夫人没有选择盯着他们。不幸的是，由于距离太远，她听不到他们谈话的内容，这太让人烦恼了。她不得不继续读她的小说。

"喂，贾尔斯。"

"我听说您回来了。"

"真的吗？一定是有人泄露了消息。"

"是亚瑟·帕斯利。他说他今天下午看见您出门散步了。"

"啊，是的，我的确经过了他的房子。"（他非常希望帕斯利没有在采石场看到他。）

"您怎么这么快就回来了，戴维博士？"贾尔斯有所防备地向房间四周扫了一眼。除了瓦切特夫人之外，一个人也没有。"有什么情况吗，先生？"

"也许是这样，贾尔斯。你开车了吗？"

"嗯。"

"你有没有带购物袋？或者，要是有个小的硬篮子，篮子底部放一点干净的纸，就更好了。"

"嗯，我车里有一个篮子，里面有很多垃圾。我可以把垃圾倒出来。"

"干净的纸呢？"

"有些杂货装在很多不必要的袋子里。我可以挑一个出来。"

"好的。我们这就走吗？"

"当然。"戴维博士大胆而模糊的指示令他大为激动，"我们去哪里，先生？"

"去采石场，贾尔斯。"戴维说着，站起身。

瓦切特夫人透过眼镜目送他们离开。她觉得，这两人是一对奇怪的组合。她必须向比衣·温布施打听打听他们。比衣以知道每个人的一切消息为荣。

戴维把石头藏在柳叶丛中已经两小时了。现在，太阳照耀着斯塔宾斯先生的花园，也照耀着缠绕在玫瑰小屋周围的玫瑰。但树荫遮住了采石场，周围非常安静，连鸟叫声都没有。

"我们快一点吧，"戴维说道，"在那边的角落里。你带篮子了吗？"

戴维和贾尔斯上次来的时候，是沿着采石场东边的弯道走的。荨麻和柳树在对面方向，距离入口只有五十步远。

"它在那里。"戴维说道。

贾尔斯弯下腰，伸手分开紫色的花朵。

"我没有看到石头。"他说道。

"让我看看，"戴维说道，"我知道它的确切位置。"他蹲在地上，焦虑了片刻后，在柳叶下翻找起来。显然，石头就在那里。戴维把它拿出来，放进贾尔斯的篮子里，放在一个纸袋上面，纸袋上印着"皮尔西商店，德文郡最好的商店"。戴维想到，当每个商店都出售同一品牌的商品时，这种宣言就太浪费了。他还记得皮尔西老太太经营那家店铺时，一边卖活螃蟹，一边卖发黑剂。这还真是个严肃的想法。发黑剂是十九世纪的一部分，现在没有人还能看到它了。

"这个可以放在上面。"贾尔斯说道。在第二个纸袋上，皮尔西商店毫不羞耻地重申了自己的领先地位。

"来吧。"戴维说道。

他们转身向入口走去。

小橡树和一大片野生黑莓刺丛把他们挡在了路上，他们还瞒住了站在采石场入口处窥视的斯塔宾斯先生。贾尔斯先看到了他，于是他把手放在了戴维的袖子上提醒他。

他们在大片的野生黑莓刺丛后等待着斯塔宾斯先生离开，而斯塔宾斯先生走进了采石场，小心翼翼地四下张望。

"他究竟想要找什么？"贾尔斯小声问道。

"我们，"戴维说道，"他一定是看见我们进来了。他想知道我们来的原因。"

"我不太确定，"贾尔斯说道，"我们没有上斜坡。我怀疑他能不能从他的房子那里看到采石场……如果没有这些绿色植物的话。他看上去不像是在寻找什么人，反而好像是想确定自己有没有被监视。"

斯塔宾斯先生已经到达了小屋，他正在检查那扇门，认真检查门前的地面，仔细地盯着小路看。

"他来看看有没有人乱动这个小屋，"戴维说道，"他可能是在履行委员会理事的职责。"

"如果天气没那么干燥，我们可能会给他留下一些足迹。"

"我可不想碰到他，"戴维说道，"我们现在可以出去了，快点。"

两分钟后，他们钻进了车里，慢慢地开车下山，穿过小溪，又开到另一边的山上。这是那天下午戴维第二次路过玫瑰小屋。

这一次，亚瑟·帕斯利正站在门口，修剪着树篱。贾尔斯抬起手按了一声喇叭表示问候，随后克制住了自己。

"我不该这样做。"他说道。

"最好是不要，"戴维说道，"不过，我很高兴我们见到了他。我突然想起了一件我之前忘记了的事，或者更确切地说，一件我认为没有必要记住的事。"

贾尔斯斜眼看了他一眼。"不是他的电话号码吗？"

"不是，"戴维说道，"根本不是那件事。"

在西山脚下，商店营业前不久，贾尔斯又瞥了一眼他的乘客。他望着前面，却没有看过路的风景。他显然是在进行自己的某种推测，他的嘴角微微泛起笑意，灰绿色的眼中闪着一缕光芒。

贾尔斯把这辆有年头的车开到了奥特里旅馆的台阶那里，但戴维并没有立即打开车门。

他说道：“贾尔斯……”

“什么事？”

“我在反复思考着一件事，这个推断可能连方向都是错的。我必须再想一想，但如果不是……”

“怎么说？”

“你明天晚上有什么安排吗？”

“我要去参加一个晚宴……”

“你要去参加一个晚宴。你什么时候离开？”

“通常，是不到十一点。但我也许可以设法……”

“你不用设法做什么。你能在十二点到这里吗？”

“当然。”

“那就请这样做吧。如果我认为自己是正确的，我想证实一下自己的推测。而且，我最好不要一个人这样做。”

“我会来的。”

“很好……但不要进旅馆，而且不要早于十二点。那时，我就在街上。你开车来接我吧。”

“我们要去哪？”

“我们先沿西蒂德维尔路出发。”

“好的，您出得去吗？”

"不，我出不去。推我一把。谢谢你，明天见，除非我打电话告诉你不用来。"

"我会准时到的。"贾尔斯说道。

六

大厅里的钟显示现在是七点十分。戴维上楼洗了个澡，换了衬衫。他选了一条鲜艳的蓝色领带，对着镜子打量了自己一番，整理了一下头发。他觉得是时候该放弃虚荣了，但还不是现在。随后，他就下楼吃饭了。他不吃饱，就不打算想任何问题。他完全沉浸在菜单上的笑料中。"雪莉酒蛋糕"是个老笑话——雪莉酒蛋糕里根本没有雪莉酒。但"天然土豆"是奥特里特有的笑话，指的是迷人的法国人。旅馆对待那些地理层面上的家禽的坦率态度也令人钦佩，商品介绍卡上写着"当地农场萨里郡的家禽"。"是本地的，好吧……是从奎恩的多德里奇农场来的。但是，按照伦敦传统，家禽来自萨里郡，就像火鸡来自诺福克郡，鸭子来自艾尔斯伯里那样。奥特里旅馆既保留了事实，又遵从了大都市的传统：他们的家禽既是本地的，又是萨里郡的。"

这很吸引人，戴维没有犹豫，他点了当地的萨里郡鸡肉，觉得十分美味。

晚饭后，他研究了一会儿笔记。这些笔记对他来说已经没什么新鲜了。明天晚上，事情可能会有所不同，不过现在……他环视了一下休息室。那些醒着的寡妇都沉浸在她们的小说中。是的，戴维想着，把蓝色笔记本放回口袋，一点消遣，精神上的放松，这正是我需要的。他一直把一本小说放在另一个口袋里,它被萨利·安特罗伯斯命名为《欧洲防风草酒》。封面上是一只戴手套的手，正在向酒瓶中倒着什么。只是我的一杯甜酒，戴维想。

到了午夜，他才上床睡觉。

疑团初解密 夜窥神秘人

一

有时，当戴维的脑中满是问题的时候，他就会用很长时间坐在那里吃早餐。今天，有很多事情占据了他的大脑，但只有一件事吸引了他的注意力——他和贾尔斯的见面。他没有什么要准备的，但他无法去想别的事。距离午夜还有很久，他感到坐立难安。

坐在阳光休息室中，他捡起了别人丢弃的报纸。天啊，这一切多无聊啊！人们能理解的犯罪的暴力。然而，知识分子的暴力只是因为时髦的东西已经变得令人难以忍受地乏味了。他翻了一页，迎面走来一个高大健壮的年轻女人（她叫简·默切，是三个孩子的母亲），她勇敢地在栅栏上坐了五十六个小时。"这是创造了世界纪录吗？"我们的特派记者问道。"不。"戴维看到报纸上的这句话后，大声说道。突然间，他的心情无比愉快。他把报纸扔到一边，从椅子上站起来，笑着走出了房间。这时才九点半，他决定去散个步。

"你明白我的意思了。"瓦切特夫人说着，朝比衣·温布施的方向俯下身继续读她的小说。"是的，我明白。"温布施小姐说道。但她的声音很模糊，因为她正一边看小说，一边同时织着毛衣，生怕落下任何一件事。"不过我觉得他还好。"

"嗯，"瓦切特夫人说，"我确信，我希望如此。"她对比衣·温布施有点失望。

街上的人并不多，还没到购物的时间。戴维一直闲逛到邮局，按照这个方向，他觉得自己会继续爬上西山，　直走到高尔大球场。那里有一条穿过球场的公共小路，高尔夫球手们总是希望这条小路会被人遗忘。戴维觉得走哪条路是他的权利，维护自己的权利会带给他很大的快乐，而且，他可以沿着悬崖小路回家。

他轻快地在宽敞的花园间走着，老房子都有漂亮的花园，只有现代的房子才会直接对着公共道路，人们焦虑地拒绝承担园艺责任。这些房子靠近道路，用装饰着缎带的圆形尼龙窗帘遮住里面，只在窗台上展示一些可悲的物件，就好像房屋主人打算宣扬他们的家庭品位一样。他为那些曾经的花园哀叹，为那些留下的花园欢呼……但任何人都能看出，它们不会保留太久了。谁能让它们继续保留下去呢？

当戴维到达山顶时，他的心中充满了对花园的回忆。的确，正是因为他望着左边一座旧花园中建起的新建筑，才没有看到欧内斯特·斯塔宾斯在这个七月的早晨，正站在冈维尔小屋的花园门口，带着一种主人的神气打量着这条路。

"日安，先生。"斯塔宾斯先生在戴维走上来时说道。

"日安。"

"我能有幸和戴维博士说说话吗？"

"是的，我是戴维。"由此可见，斯塔宾斯一直在调查他。

"我，"斯塔宾斯先生显然很高兴，他说道，"是斯塔宾斯。我注意到了您和年轻的吉福德在一起。"

"是的，我认识贾尔斯·吉福德。"

"毫无疑问，他已经告诉过您，我是我们本地委员会的主席。我一直希望有机会和您说句话。您，"斯塔宾斯先生带着居高临下的口气，微笑着说道，"您觉得我们的小镇怎么样？"

"我非常喜欢这个小镇，"戴维说道，"我出生于此。在我最了解这里的时候，我们称它为村庄。"

斯塔宾斯先生哈哈大笑。"村庄！好吧，您是在逗我发笑。在那以后，我们有了一些发展。近年来，我们的人口增长了许多。我们正在拆除旧房子，在一些较大的花园中建造小套房。只要我们能通过填埋小溪来拓宽主干道，我们就能给长途汽车进入这里提供一个更好的机会。有些年长的居民反对这项计划，但我想我的提议会占上风。如果不是因为我们的石头海滩，我们可以把这里建得和托基[1]一样好，但把海滩上的石头都移走又太费事了。不过，我们不能抱怨，先生。在我的领导，以及我的朋友布利泽德先生的帮助下，我们取得了很大的进展。您对园艺感兴趣吗，戴维博士？如果是这样，"斯塔宾斯先生打开花园门说道，"那么恳请您进来。您会发现它和您那个时代的情况大不相同。"

"对这一点，我毫不怀疑。"戴维说道。

在那一刹那，他所能看到的只是一幅春天苹果园的景象，以及曾经伫立在这里的摇摇欲坠的玉米秆小屋。随后，"感谢您，"他说道，"我很想看看这里。"于是他走进花园，他对斯塔宾斯先生的好感比他生平对任何人的好感度都要低。

他们走在玫瑰小路上，戴维看着这间丑陋的房子，门当是一根细管，那东西是做伞架用的，上面画着极其粗俗、比例不对的花朵。门上铺着一层透着冰冷光亮的油布，门口左右两边都铺着小毯子，以防滑倒。

1　托基：英国英格兰西南部德文郡的一个海滨城镇，是日益发展的海滨度假胜地。

他们没有进去。斯塔宾斯先生带着他来到房子右侧，那里有一处游廊。戴维已经在老树的掩蔽下，用双筒望远镜观察过这里了。

"这是我的劳动成果，"斯塔宾斯先生说道，"这里过去有一个老旧果园，我花了三年时间才将它整理得井井有条。"他指着延伸到开阔山坡下的长长河床。"在下游，我建造了一个日式水上花园。您一定要看看，戴维博士。这是蒂德维尔·圣彼得唯一的水上花园，我可以告诉您，它花了我一大笔钱，还惹了许多麻烦。小流氓们不止一次试图破坏它。有一次，我失去了最好的一只鹳，还有一架风车。"

"太让人伤心了。"戴维说道。他感觉在长时间的沉默后，有必要说点什么。"在蒂德维尔·圣彼得，您能感受到当代的破坏性吗？"

"不是多……而是太多了。一些人失去了他们的花草植被，一些树篱也已经遭到了破坏。去年三月的一天晚上，有人从我的花园偷走了一些水仙花，甚至偷走了我家的门当石，这是为什么？斯塔宾斯夫人像往常那样下去开门，可那块石头不见了。这究竟是怎么回事？当然，或许只是个恶作剧。"

"您的石头有什么特别吸引人或者是不寻常的地方吗？"戴维突然感兴趣地问道。

"斯塔宾斯夫人很喜欢它。她说这块石头的图案很漂亮，但它只是一块从海滩上捡来的普通石头。请注意，不是蒂德维尔·圣彼得的孩

170

子们干的。偷东西的人都经过训练，是那些埃克斯伯勒来的男孩干的。"

"或许是这样，"戴维说道，"蒂德维尔·圣彼得的男孩们会去埃克斯伯勒玩。"

斯塔宾斯先生忽略了这个打断。

"不管他们是谁，如果让我抓到他们，我会毫不犹豫地起诉。他们听说过我，他们知道我欧内斯特·斯塔宾斯说话算话。"

戴维有点想知道欧内斯特·斯塔宾斯是不是真的说话算话，他把自己带到这里来，仅仅是为了把自己当作听众，还是他想知道什么呢？

他们正站在小溪边，"在那里！"斯塔宾斯先生说道，"您觉得如何？是老查利斯建造的……当然，是在我的指导下。您从没见过那样的东西，我敢肯定。"

"的确，我从未见过。"戴维说道。

"真正的日式。很美，不是吗？"

戴维的目光越过宝塔和鹳，他朝麦里克的树林望去，毫不怀疑地同意了这一点。

"我也这样想，先生，"斯塔宾斯先生说着，领着戴维走上山坡，"水上花园比以前的那条小溪好，虽然有些人并不这样认为。他们反对所有新事物，戴维博士。这就是我的困难所在——让人们向前看，与时俱进。"

回到小露台上，斯塔宾斯先生示意戴维坐下。

"请坐，戴维博士，请坐，千万别客气，我去让斯塔宾斯夫人准备咖啡。"

"非常感谢，但我从不……"

"不行！不行！我一定要这么做，"斯塔宾斯先生喊道，"杰西！"

一个女人敏捷地出现在台阶上，这显然表明她之前就站在虚掩的门后，通过门铰的缝隙观察着来客。她是个消瘦的小女人，与其丈夫的显贵风格毫不相配。

"请允许我把您介绍给我夫人。"欧内斯特·斯塔宾斯说道。

"您好。"戴维按照老式礼节鞠了一躬，说道。

"非常好，谢谢您，您好吗？"斯塔宾斯夫人说道，她的回答冗长且枯燥。

戴维没打算告诉她——她用错了寒暄语。但他还是说："您丈夫一直很友善地带着我欣赏花园。"

"哦……花园。"斯塔宾斯夫人神秘地说着，突然退到屋里去了。他们没有说咖啡的事，不过，或许她无意中听到了斯塔宾斯先生的邀请；或许她已经通过占卜了解了他的愿望。几分钟后，她又走了出来，将两个杯子放在花园的桌子上。

"您太好了。"戴维说道。

"斯塔宾斯先生每天这个时间段总要喝一杯咖啡。他带您参观水上花园了吗？"

"的确，已经看了。"

"只要您不尝试着从桥上走过去，密切关注那些鹳，就会很安全。"斯塔宾斯夫人说着，就像刚才那样突然消失，回到屋里了。她面无表情，丝毫没有流露出要对自己所说的话进行解释的意思。但当门关上后，戴维觉得他能听到斯塔宾斯夫人在厨房里轻声笑着。这时他感觉自己可以试着喜欢斯塔宾斯夫人了。

"从这里您可以看到采石场。"戴维说道。

"是的，这是我做的一件好事，"斯塔宾斯先生说道，"房产是麦里克夫人的，但租给了行政堂区委员会，里面有一间小屋，放着委员会的财产。男孩们不止一次地扔石头打破窗户。在家的时候，我可以在这里监视这个地方。我还时不时地进去巡视，看看有没有外人闯入的迹象。"

"您抓到过什么人吗？"

"还没有，但我会的，戴维博士。我会的。自由的代价就是要永远保持警惕。"

"我相信，"戴维说道，"几个月前，那里发生了一场悲剧。"

斯塔宾斯先生警惕地看着他。"的确如此，先生。麦里克先生从悬崖边上掉下去摔死了。我想说，我对验尸官的意外死亡裁决并不认同。"

"不认同？"

"在我看来，先生，这是自杀，我会告诉您，我为什么会这样想，先生。几乎就在事故发生之前，麦里克先生曾由于水上花园的事，怒气冲冲地来到我家，对我极其无礼。在我看来，他的精神不太正常。他让我哑口无言，绝对的无语。只有在他怒气冲冲地走出我家前门后，我才想到一些用来应答的话，我开始跟在他后面，走了一段下山的路，但我后来已经看不到他了，于是只好回家了。我很高兴自己是这样做的。作为行政堂区委员会主席，我要是和他争论，就是在降低自己的身份。"

"我以为您告诉验尸官，您没有跟踪他。"戴维说道。

斯塔宾斯先生正准备喝咖啡，他把杯子端到嘴边，却停了下来。他盯着戴维，把杯子放下了。

"您已经读过验尸报告了吗？"

"是的。"

"没有人询问我是否跟踪了麦里克先生，而且，我也没有跟踪他。我只是在开始的时候跟在他后面。我没考虑，我也没想到……"

"您跟了多远？"

"大约是到帕斯利先生的大门那里。然后我就转身回去了。"

"我明白了。您很幸运。"

"我怎么'幸运'了？"

"如果您跟着他，您二位争吵后会很尴尬。"

"我可不这样认为，"斯塔宾斯先生说道，"蒂德维尔·圣彼得的人都认识我，先生。"

"是的，我想他们的确认识您。"戴维说着，放下了杯子。他本来是要走的，但就在那时，他改变了主意。他看到在左侧，在分割开来的树篱上方，一股旋转的水花升上天空，在阳光下闪闪发光。"我知道您的邻居也是一位园丁。"他说道。

"帕斯利先生吗？"斯塔宾斯说道，"我相信是这样的，只是方式有点老套。他不喜欢园艺或类似的东西，他只喜欢草坪和鲜花。他是本地园艺协会的主席，因此他应该知道一些园艺方面的事。"

"园艺协会发展得好吗？"

"我觉得还可以吧。他们一年会举办四个展会，都是由冈扎贡小姐组织的。"

"您听起来对此并不感兴趣。"

"和您说实话吧，"斯塔宾斯先生说道，仿佛这是他难得的特权，"这是一件相当业余的事，而且我不太喜欢这个协会的运营方式。这是个小地方，戴维博士。我们不能有丑闻。"

"丑闻？您的意思是垄断奖项吗？"

"不是的，戴维博士，不是这个，是不正当行为。帕斯利先生和冈扎贡小姐……"

"哦，继续说啊！"戴维说着，轻轻笑着，"您的意思不是……"

"我的确是这个意思，先生，我当然是这个意思。我给您举一个我记得特别清楚的例子，其中一个原因是那个日期。我们刚刚还在讨论麦里克先生自杀那晚的事。当然，我是第二天才知道那件事的。（这正是亚瑟·帕斯利说过的，戴维想。）但与麦里克先生发生了争吵之后，我感到难以入睡，所以我熬夜做了委员会的工作。在我上床睡觉之前，大约是在午夜时分，我来到露台，呼吸一下新鲜空气。我正静静地穿过草地向树篱走去，这时，突然听到了什么声音。我想可能是个小流氓，就踮起脚尖走到树篱边，向帕斯利先生家大门附近的方向看，您知道我看到什么了吗？"

"我想您的意思是让我猜猜您看到了谁。"

"在月光下，"斯塔宾斯先生用低沉且富有戏剧性的声音说道，"是冈扎贡小姐。已经过了半夜十二点，戴维博士，她才走出帕斯利先生家的大门，下山去了。我可以告诉您，戴维博士，我觉得这样很不好，斯塔宾斯夫人也这样觉得。在这样一个小地方，我们不能容忍那样的行为，先生。我不是多嘴的人，戴维博士，您可以确定我没告诉过任何人这件事，完全没有。然而，您要明白，我不想把自己与蒂德维尔·圣

176

彼得园艺协会联系在一起。"

"我的确看得出来，"戴维说着，一边看表，一边补充道，"天啊！快到十一点了。我必须要走了。"斯塔宾斯先生把他送到大门口。"请帮我向斯塔宾斯夫人转达，感谢她的咖啡，"戴维说道，"还有，感谢您带我参观花园，很有趣。"

"我就知道您会喜欢的。"斯塔宾斯先生说道。但戴维说的并不完全是这个意思。

二

现在再走那条穿过高尔夫球场的小路，时间已经太晚了。犹豫了片刻，他转身朝村子走去。斯塔宾斯先生的观察并非毫无意义。他觉得自己可以在奥特里化园坐一个小时，考虑这些事。

他到达邮局时，已经十一点十分了。购物高峰开始了，如果你认识蒂德维尔·圣彼得的人，就不可能不经常念叨着"早上好""又是美好的一天"等寒暄语。街道上到处都是对天气的亲切评论。

戴维现在不认识任何人，除了几位店主。此外，也可以说他还认识巴兹尔·杰森和麦里克夫人。他没有想过要对任何人打招呼，但他碰巧看到了麦里克夫人。她在布利泽德与哈波特房地产经纪公司外与人说话。他不想让人看出自己在躲着她，因此他继续向前走，但又不想碰到她，于是，他假装对路对面产生了兴趣。在麦里克夫人与朋友告别之前，戴维就离开了街道，进入了特平家的店。他猜想，她并不是为了买咖啡和蛋糕……像麦里克夫人这样优雅的女性更懂得这些……她只需要带些东西回家，逛街纯粹是为了打发时间。

在戴维看来，特平家的店是新开的。戴维的母亲总会去的是街那头的旺纳科特家，这是一种保守主义，也是一种传统。上了年纪的居民仍会去旺纳科特家，虽然特平家提供奶油味更浓的蛋糕和更有光泽的面包，可年长的居民是不会被诱惑的。（他们过去常说）没有什么东西能与旺纳科特太太做的海绵蛋糕相媲美。

五分钟后，当他在奥特里花园的椅子上坐下时，他仍然在对着"年长的居民"和他们臭名昭著的偏见微笑。六十年前，当贝西克（仅仅是从西蒂德维尔）搬过来，在主干道开了一家五金店时，戴维的母亲不仅禁止全家人靠近那个地方，而且，为了表示同情和坚定的忠诚，她立刻从巴恩斯家，也就是那家老五金店那里购买了一些不必要的物品。戴维想，那就是过去的日子，那些友好的日子。

随后，他把手伸进口袋，掏出了那本蓝色笔记本。

斯塔宾斯：我觉得这个小个子男人是个让人讨厌的家伙，他太狂妄自大了，根本没有考虑其他任何事情。他解释自己对采石场如此感兴趣的原因，听起来很有说服力。贾尔斯说他是天生的好奇者，我想他可能只是想让人们把注意力放在他身上。他可能与麦里克的死有关……他就在案发地点，却没什么动机……不过，除非我找到更好的证据，否则我不认为他与那件事有关。

斯塔宾斯先生对亚瑟·帕斯利作为园丁的那种居高临下的态度，很明显是因为他自尊心受挫，而且对帕斯利无比嫉妒。他觉得自己才应该是园艺协会的主席。

比斯塔宾斯本人更有趣的是他说的两件事。首先是他家的门当石丢失了。正如他所说，可能是被一个男孩偷走的。当然，那也许不是我找到的石头：那块石头原本是砌在墙上的，但海滩上的石头似乎强行吸引了我的注意力。如果找到了太多海滩石，我会更加困惑的。

他的另一个观察结果更切中要害。在麦里克去世的那天晚上，午夜时分，斯塔宾斯声称自己看到冈扎贡小姐离开玫瑰小屋。他得出了道德层面的结论，不过，如果能找到的只是道德层面的结论，我对此一点也不感兴趣。真正有趣的是，冈扎贡小姐住在松林小屋的另一侧，她一定知道麦里克的死。很明显，她是在例行巡夜时下山通知亚瑟·帕斯利的。像麦里克夫人那样，她也可以打个电话通知，但她却没有那么做。这给现场带来了一个新人物，也让我们对亚瑟·帕斯利有了新的认识。他告诉我，自己对麦里克的死一无所知，直到早上雷切尔·麦里克来拜访他。他可能在好几小时之前就已经知晓了这一切。如果他的确已经知道了麦里克的死讯，为什么要撒谎？冈扎贡小姐能从这件事中得到什么好处呢？

戴维读了一遍他写的东西，在纸上画了一条横线，然后把笔记本放进了口袋。还有四十分钟就要吃午饭了，应该去散散步。他走上街道，沿着商业街一路走着，返回悬崖小路。是的，戴维博士想，只要我们能从这该死的椅子上起来，就去散散步吧。

三

此时，冈扎贡小姐正在为她的野餐做准备，受场地的限制，她只能在商店和后面的小厨房之间来来回回地忙活。

她度过了一个忙碌的早晨。有几个顾客来，其中一个买了镶珠脚凳。有几个人来拜访过，其中一位是帕斯利先生，他想聊聊秋天的菊花展。

"菊花展的安排，"冈扎贡小姐说道，"和往常一样。他们总是做得很好。"

"他们做得很完美。"

"一切尽在他们掌握之中。"

"我知道他们会做得很好。你还真是沉得住气。但我总觉得我该问问，我总感觉行政堂区委员会主席真的要做什么大事了。"

"您帮了大忙，帕斯利先生，"冈扎贡小姐说道，"如果没有您，我都不知道我们会怎样。"

墙上挂着一个晴雨表，帕斯利先生看了看。

"这个表好用吗？"

"的确好用。"

"那么天气就会一直晴朗。"

"是的，我准备去海滩喝下午茶，我邀请了我的侄子和侄媳与我一起去海滩。"

冈扎贡小姐停了下来，指着街上路过的一个人。"您能告诉我那个人是谁吗？"她问道，"就是在那里的那位绅士。"

"当然。他是戴维博士。他小时候生活在这里，现在住在奥特里旅馆。贾尔斯·吉福德带他来见过我，我就是这样认识他的。"

"我很不安。他昨天透过窗户看着店里。后来，当我走到花园的尽头时，我看到他坐在悬崖的长凳上。他在和老查利斯说话。"

"他很健谈。不过，我很惊讶，他还没来找你。他对古董很感兴趣。

我必须要离开了。祝你野餐愉快。"

冈扎贡小姐送他到门口。

"再见，帕斯利先生。"她温柔地微笑着说道。但在说话时，她又想到自己应该用小锅烧好水，否则就来不及给番茄剥皮了。

当亚瑟·帕斯利沿着街道走向西山时，他满脑子都想着戴维：他和查利斯谈过话。他去看过松林小屋……但肯定不是因为他真的想租下这栋房子。他去过玫瑰小屋两次。今天早上，他瞥见戴维在查看斯塔宾斯的水上花园。他非常重视与每个人的交谈，但很明显，他没有和冈扎贡小姐交谈过，而冈扎贡小姐是有可能告诉他那个水晶球故事的人。

与查利斯谈话的原因只有一个，亚瑟·帕斯利想到，这时他走到了敞开的天使之门酒吧的门前……到了那里，他的想法就改变了，这正是一天中喝酒的好时机。走了几步，他就进了屋。在迎接他的空洞的谈话声中，亚瑟·帕斯利暂时性地忘记了戴维博士。

亚瑟·帕斯利一离开，冈扎贡小姐就溜进了小厨房，在水壶里烧上水。她还烧了两小锅水，在其中一个锅里放了三个鸡蛋，另一个锅是用来给番茄剥皮的。大多数人都懒得给番茄去皮，只需要把它放进沸水中几秒，番茄皮就会像手套那样脱落。冈扎贡小姐喜欢把事情做到完美，所以她把四个番茄浸入水中，剥皮，切片。随后，她环顾四周找黑面包，这才意识到自己忘记买了。冈扎贡小姐通常是在特平家的店里买面包，但旺纳科特家距离这里只有两分钟路程，所以买到面包就不是什么难事了。但今天是周四，除了咖啡馆，其他商店应该一点就关闭了，冈扎贡小姐理应赶快去买，于是她锁上了门。让顾客烦恼去吧，冈扎贡小姐带着得意的虚张声势的心情想道，尽管她脸上还是一副和平时一样的顺从表情。

"请给我一条黑面包。"冈扎贡小姐说道。由于她平时不怎么来旺纳科特家，为了打破尴尬，她又说道，"再给我一块你家美味的海绵蛋糕。没有人能做出你这样的海绵蛋糕，旺纳科特太太。"

"老旺纳科特太太教过我如何制作那种海绵蛋糕，"旺纳科特太太说道，"那是五十年前的事了，在那之后我一直在做。"

"谢谢。"冈扎贡小姐说道。然后，她突然想起了水壶，就急忙回到了店里。锅里的水不多了，于是她又把水壶装满了，等水烧开，她坐下来吃了一顿清淡的午餐，有奶油干酪和饼干，配上一杯雪利酒。随后，她用两个大保温瓶沏茶（因为迪克和克里斯汀也想喝），把番茄三明治、水煮蛋和海绵蛋糕装进玻璃纸袋，再把它们放进一个大茶篮里。两点整，她走进花园，从后门走出，来到悬崖小路。

在经过奥特里花园时，她注意到了那位老先生——戴维博士，他吃过午饭后正坐在花园中。戴维博士还没有睡着，他也注意到了冈扎贡小姐。他不知道她独自一人带着大茶篮要去哪里。

四

他在花园中睡了一小时。那里很安静。老妇人们都躺在那里，年轻的游客在海滩上，或打网球，或待在远处的车里。海浪拍打的声音和海鸥的叫声成了背景音乐……任何人都可以在这些声音中入睡……但当一只海鸥落在花园中，（看起来）故意地对着戴维叫，引起他的特别注意时，他就醒了。他看了看手表，现在是三点钟，距离他和贾尔斯见面还有九个小时，而且在此期间他没有任何安排。今天早上原本也没什么固定安排，却收获颇丰。如果他现在去做早上没有做完的事，也就是散步，也许还会有收获。他从椅子上站起身，到自己的房间去拿双筒望远镜，在接待处和明戈小姐消磨了一会儿时间，然后穿过花园，向悬崖走去。到了门口，他向右转，走上通向灯塔的那条陡峭的小路，那是他在蒂德维尔·圣彼得第一晚走的那条路，那条通往狭窄深谷的路。

很久以前，小镇委员会的好心人会在那条路上放几张长椅。戴维沿着这条路向上走，经过每条长椅时，他都会坐下来。这些长椅把通向灯塔的第一个斜坡和最后一道斜坡分隔开来。他透过望远镜，从每一个位置观察海滩和海湾。有许多人在游泳。远处，一艘摩托艇正拖着一个站在滑水橇上的年轻人，再远处有小船，更远处，一艘更大的船正沿着地平线缓慢行驶。

这条路崎岖难行，到达平地时，他很开心。

对他来说，这片土地永远和蝴蝶联系在一起——那些浅蓝色的小蝴蝶，还有那些翅膀上带黑点和黑边的深玫瑰红色蝴蝶。他还记得，在大概三岁的时候，自己还试图徒手抓住它们。

现在已经没有蝴蝶了，原因之一是那里建了个足球场。但更主要的原因是，几年前爆发了一场植物病虫害，摧毁了蝴蝶最喜爱的绿色植物，它们已经离开了。它们去了哪里？在戴维看来，他似乎再也没见过那些小蝴蝶，那些浅蓝色和深玫瑰色的蝴蝶了。

就这样，满脑子想着蝴蝶，他穿过了田野，在巨大的荆豆丛中向前走，一直走到海边，那里的小路直通悬崖。他在那里左转，沿着陡峭狭窄的小路向下走，直走到那些在悬崖边上的秘密座位。在他所在位置的下方，狭窄的深谷在砂岩上画出了一个 V 字形的口子，地面倾斜，覆盖着荆豆和黑刺李树。从这里望去，他可以看到一段海湾和悬崖下的一部分海滩。他注意到，有一个人坐在海边，时不时将鹅卵石扔进水中——那是个女人，她一定是在石头上走了很长一段路，或者是艰难地爬下来，才到达这个狭窄的深谷的。

戴维举起双筒望远镜眺望大海，在他的视线范围内，没有任何发现。

过了一会儿，一个令人兴奋的、快速移动的东西从海面上掠过，是摩托艇牵引着那个年轻人滑水橇。他瞬间消失了，几秒后，摩托艇转了一大圈，驶向了更远的海面。又过了几秒，他又消失在戴维的视野之外。戴维感到嫉妒，那是他和罗伯特从未做过的事，而且罗伯特一定会擅长于此。

不久，他又听到了摩托艇的咔嚓声，但驾驶摩托艇的女人的动作慢了下来。几秒钟后，她浮出水面，他看到之前扔鹅卵石的那个女人正向海滩走去。一个年轻的女人驾驶着摩托艇，一个几乎全裸的男人从海中站了起来，友好地朝海滩上的女人挥了挥手；那个女人站起身来，也向他挥了挥手。

摩托艇慢慢向岸边驶去。随后，年轻人带着一桶油漆和一根木桩跳了下来，他把木桩牢牢地钉在鹅卵石上。由于摩托艇无法完全靠近海边，而且海浪在斜坡上激起了很远的泡沫，他回到摩托艇上，抱起年轻的女士穿过浅滩，女士怀里抱着的东西显然是茶篮。戴维透过望远镜看着那三人组，突然意识到海滩上的那位热情的女士就是冈扎贡小姐。她并不是独自外出野餐，她一直在等着这些孩子，这些孩子也一直在等着她，他们也带来了礼物。冈扎贡小姐亲吻了那两人，他们也回吻了冈扎贡小姐。三个人围在一起，在两个篮子中取茶点的时候，鹅卵石海滩上发出一阵欢快的笑声。

戴维坐在那里，透过双筒望远镜扫视着海湾，但除了一艘远航到海上的船外，没有任何人经过。正当他准备回家时——已经到了下午茶时间——他听到了小路上的脚步声，有人正朝这个隐秘座位走来，那么他就没法走那条路了。他不想被人发现，因此，待在原地不动。不一会儿，亚瑟·帕斯利就绕过黑刺李树，来到了这里。

"天啊！"帕斯利先生吓了一跳。

"嗬！"戴维感叹道。

"您太了不起了，戴维博士。您知道蒂德维尔·圣彼得的一切，连这些偏僻的地方都知道。"

"上天眷顾你，"戴维说道，"这没有什么了不起的。我很小的时候，就知道这个偏僻的地方了。"

亚瑟·帕斯利在他身边坐下。他说："我经常来这里，平时很少有人来……除了热恋中的情侣，而且他们通常出现在月光下。您还要在这里待多久？"

"我很快就要离开了。很高兴能来这里，但我还有别的事。"

"您调查完了吗？"

"调查？"这是个意想不到的词语。

"我的意思是，在卡德莱发生的那件事。"

"哦，是那件事。是的，我对结果非常满意。"

"现在卡西利斯夫人已经离开了。"帕斯利说道。

"您是如何知晓这个消息的？"戴维平静地说道。他不知道艾琳已经离开了。

"是这样，"帕斯利说道，"大概是昨天中午，我从埃克斯伯勒回来，在路上遇到了他们……是唐纳德开的车，车上有很多行李。这是我的小道消息。"

"她能离开真是太好了，"戴维说道，"她一直生活得很紧张。"

"我和她不太熟，"帕斯利说道，"但我觉得她是个好人。"

"当然，"戴维说道，"一个令人钦佩的人。"

海滩上的年轻人正准备回到摩托艇上。他们一起把篮子重新打包好。冈扎贡小姐收拾好了用过的袋子和餐巾纸，将它们放在一个大袋子里，然后，她在里面放了一块石头，把全部东西扔进海里。戴维能够看出帕斯利知道下面正在进行的活动，但他并没有提到这件事，因此，戴维也对此暂且不谈。关于冈扎贡小姐野餐的话题不会有意外收获。"我该回去了，"他说着，站起身，"再见。"

"再见。在那条路上走要小心，那条路又陡又滑，狭窄而且多刺多石……"

"我知道，但走过那段路后，路况就好起来了。放心吧！"

在回家的路上，戴维想了很多关于帕斯利先生的事。而帕斯利先生，独自坐在悬崖边上，又回到了早晨的沉思中，对有关 R.V. 戴维的事沉思许久。然而两人都没有得出令人满意的结论。

五

戴维喝完茶，看了看手表。他从来没有像今天那样频繁地看时间。快五点了，还有七个小时。他用阅读《欧洲防风草酒》打发了其中一部分时间。他不常被犯罪小说家迷惑，但他不得不承认萨利·安特罗伯斯极其狡猾。她把重要的线索丢在第一章，再也没有回头去讲。结果，该死，他竟然没有认识到乔治爵士与卡比特教授是一对父子。说真的（心中想着《艾德温·德鲁德之谜》[1]），他应该注意到那顶假发的。戴维这样的人并不多见，他把自己的失误归咎于他被更重要的事情打断了。但他要向安特罗伯斯小姐脱帽致敬，她把悬疑设置得很好。

六点到六点半，他打了一小会儿瞌睡。不过到了六点半，他就有了明确的想法。在这个时候，像往常那样喝一杯才合理。

巴兹尔·杰森正在酒吧里，与一位穿着迷你裙的年轻女士聊着天，为了看起来更妖娆，她在一把高凳子上坐下来。戴维向杰森点了点头，杰森也向他点头致意。杰森没有请他加入与那位年轻女士的对话，据

---

1 《艾德温·德鲁德之谜》：查尔斯·狄更斯对推理小说的尝试之作，生前并未完成。

戴维听到的，她的谈话内容主要是笑声和"真的吗，巴兹尔"以及"你真坏"的叫喊，还有其他一些来自年轻女士的妙语。巴兹尔·杰森似乎对她很满意。

"可是，巴兹尔，你真是个讨厌鬼，"潘西·帕肯汉姆说道，"你一定要来参加妈妈的鸡尾酒会。如果你不来的话，她永远也不会原谅你。"

"但我不能，亲爱的，"巴兹尔说道，"我还有工作要做。"

"胡说！"

"我真的有工作……我明天就得走，而且要去两三天。我实在没办法参加。"

"嗯，我觉得你就是头猪。"潘西·帕肯汉姆说道。

"我觉得猪很好。"巴兹尔说道。

但戴维只能听到这么多。这时，进入酒吧的人越来越多，在他和潘西·帕肯汉姆之间升起了一道声音的帷幕，有时，透过薄雾，他能看到她突然大笑起来，把头向后一仰，或者低下身子，头发遮住了脸，但他却没法欣赏到那场显然是过于诙谐的意见交流了。

在酒吧里，他一个人也不认识，因此，他在一个角落里默默地坐了下来，想着很多事情，一时间沉浸其中，完全没有注意到他周围的说话声。一个熟悉的声音将他拉回了现实。

"于是，我就直接对他说了：'村庄！您是在逗我发笑，先生。在那以后，我们有了一些发展。'"这是斯塔宾斯先生在讲述他白天的经历，为了教化斯莫皮斯先生和周围的人。

"不过他是个好人，因此我提出带他四处看一看。他对此印象深刻，他没有想到这里会有日式花园。"

戴维走到门旁，他已经喝完了酒。他走了几步，返回旅馆。当他关上门时，听到斯莫皮斯先生说："他就在这里，斯塔宾斯先生。"

六

大约在戴维走进奥特里酒吧时，艾琳正在伦敦，在多塞特旅馆的一间豪华客房的起居室中准备写信。多塞特旅馆是一家令人非常愉悦的、仿古设计的老式旅馆。直到 1939 年，多塞特旅馆还在期待着马车的到来，人们精心地维护着大门外的沙地，为马匹提供更干净的住所，而这些马车自 1920 年以来在伦敦之外的任何地方都没出现过。现在沙地已经消失了，但旅馆内的氛围仍被小心地保存着。多塞特旅馆就像收藏家的作品，并且打算继续保持这种风格。外国游客认为它是古英格兰的一部分，也是有道理的。我们再也看不到类似的事物了。

当然，多塞特旅馆没有过度渲染旧世界的氛围。这里的建筑和礼节都是老式的，但舒适度却是新式的。例如，在艾琳的起居室中有个人们从未见过的十八世纪漆柜。柜门打开时，它展示的却不是一系列令人兴奋的抽屉和鸽笼，而是玻璃杯、酒瓶和所有调酒的器具。在多塞特旅馆，可以享受到新旧两个世界最好的地方，而家居装饰就在这个范畴内。

在窗边的写字台旁，艾琳撕毁了一封信，把它扔进废纸篓。这是她的第七次尝试了。她又拿了一张纸开始写。

亲爱的 R.V：

　　真的很抱歉。我一声不吭就离开了卡德莱……你会怎样想？昨天见到你时，我就已经下定决心了。但我不能告诉你，因为如果我说了，我也将

又写到了那里。她无法越过那个点。

随后，唐纳德走了过来。他刚从浴室里出来，头发凌乱，穿着一件蓝白相间的睡袍。他走到漆柜前，打开柜门，拿出里面的调酒器具，将两杯威士忌与水混合。他递给艾琳一杯酒。

"你写得怎么样了？"他问道。

"我写不出来，"艾琳说道，"事实很简单，但我又不能直接说出来。我希望由你来写。"

"他不会对此感到厌恶吗？"

192

"我不这样认为。他很体谅人。"

"也许你可以在结尾加些东西。"

"好……不过，今天晚上必须把信寄走。"

"好吧，我试一试。"

于是，艾琳带着她的酒来到沙发上，唐纳德坐在写字台旁。十五分钟后，他拿了一张纸给艾琳，说道："这样可以吗？这是我能写出的最好的信件了。"

艾琳读了信。

"可以，"她说道，"这样就行了。我就知道你会写得比我好。我会在最后加一句……请你穿好衣服，将它邮寄出去。时间不多了，今晚必须要寄出。"

七

晚上八点半。还有三个半小时的时间要打发。首先，他开始读一本新的小说。吸引他的是小说的标题：《阁楼里的人》。然而，唉，阁楼里的人，并不像他合理推测的那样，是个间谍。他读过这本书的简介，里面解释说，这本书把人类比作一个个房间。正如戴维所见，他们几乎都住在卧室的地板上。他很惊讶。如果人们有选择自由，它就会被扔进垃圾桶，因为这本书实在是无聊透顶。作者大约把十年时间浪费在写这本书上。戴维放弃了继续推理，他精疲力竭，随后，他站起身，走进了影视间。

"当他们告诉我鲍勃的事时，我就觉得……你知道。"

一个勇敢的小女人正在就她丈夫的事故接受采访，但没有人知道她是如何想的，因为最后她总是假设……你知道……他们已经知道了。

"嗯……我正在尽力……你知道。"那个勇敢的小女人说道。天啊！戴维在想，这就像一种玷污了英语的可怕真菌，体现出令人厌恶的对话无能，达成了对人类交流的干扰，这个……"你知道"。但令人开心的是，采访中不能知道的事是有限的，突然，带着迷人微笑的勇敢小女人消失了，取而代之的是一个西部人，一个真正的西部人，一个治安官。"赞美上帝！"戴维大声说道，带着对正义事业的热切渴望，看着整个事件从开始到结束的全过程。

"真是个精彩的故事。"一位上了年纪的女士离开房间时说道。

"是的，的确如此。"戴维说道，因为电影的结尾打破了所有的障碍，他在没有自我介绍的情况下就和她打了招呼，对此，他毫不愧疚。"我的心都提到嗓子眼了。但有件事很奇怪，您注意到那些坏蛋的射击水平有多差吗？在那里，他们对着一个躲在岩石中的人猛烈射击……他们可以用子弹打穿他的帽子，他们可以击中和他一起躲来躲去的某个不重要的外国佬，但他们永远也打不中我们最喜欢的主角。我没觉得那些坏人演得有多好，您觉得呢？"

"哦，是的，"老妇人说道，"他们的确是十恶不赦的坏蛋，可他们遇到了对手。你知道，美国西部各州的生活与这里大不相同。"

"啊，是的，"戴维说道，"我敢说的确如此。"

十点半，他上楼回到自己的房间，在角落的抽屉里拿出一块石头——周身裹着灰泥浆的石头，他小心翼翼地将它放进贾尔斯的篮子中。然后，他提着篮子下楼，带上雨衣，在外面的客厅里坐了下来。此时的客厅已经空无一人，但他还能点一壶咖啡。他喝着咖啡，读着几张剩下的报纸，直到十一点四十分。接下来，在确认旅馆勤杂工不在附近后，他打开花园门，走了出去。他觉得自己没有危及其他客人的生命和财产，因为没有人知道门开着。随后，他穿过花园，走上了悬崖小路。

旅馆里的灯光一直延伸至悬崖，但蒂德维尔·圣彼得的人都躺在床上。他在那里站了一会儿，听着海浪的声音。随后，他向左转，慢慢向商业街的方向走去。

距离十二点还有五分钟，在那堵古老的墙前，也就是安布罗斯·法德尔绘制了名画的墙前，他向左转，悄悄地沿着街道走去。没有人，也看不到任何东西。西蒂德维尔路是右边的第一条路。当他转弯时，汽车从他身边慢慢驶过，停在路边。

一只手打开了门。

在前街，卫理公会的钟敲了十二下。

"很高兴看到你。"戴维说道。

"您说的是西蒂德维尔路。"贾尔斯用一种不必要的耳语说道。

"是的。我会在开车去的路上告诉你我想要做什么。"

"好的，"贾尔斯说道，"我们出发吧。"

二十秒后，他们已经离开了身后的村庄。

"走我们第一天晚上走过的那条路——克伦伯山，然后下山，沿着经过采石场的路往回走。但在到达那里之前，我们必须把车停在别的地方。"

"在巴兹尔·杰森家前面还是后面？"

"前面。我不想让人注意到这辆车。我们必须走完余下的路。"

"去哪里？"

"玫瑰小屋。去西山会更快……但那边会经过太多房子了。"

"我们什么时候到达那里？我们不是……"

"我们不是去拜访亚瑟·帕斯利，不是这样的。我们要去试试这块石头与他家门柱上的洞是否贴合。"

"哦嗬！"贾尔斯说道，"我们这就去吗？"

显然,他们对此没有争议。接下来的两分钟,他们都没有说话。这时,戴维突然问道："你知道亚瑟·帕斯利的作息时间吗？"

"我不确定。他也参加了今天的晚宴，他十一点之前就该到家了。"

"我们到那里时，应该是十二点半。"

在那之后，谁也没有说话，直到贾尔斯把车停到路边。"不能再向前开了，"他说道，"我只能让汽车离开公路这么远了，我得开着车灯。"

"在下车之前，我们要先弄清楚到底应该做什么，这样不会惹什么麻烦。整个过程不超过一分钟。十五分钟后，我们就能回来。在此期间，必须保持绝对安静。在大门口时，我可能不得不和你说话，但除非我需要答案，否则，你不能说话。"

"好的。"

"我们到那里之后，我会把要拿的篮子给你。首先，我要把门柱顶上那块松动的石头拿下来，交给你；然后，我会从篮子里拿出另一块石头，将它放进去；随后，我会举着手电筒看看它和那个洞是否贴合。如果贴合，我就将它取出来给你，你再把之前的石头还给我，我将它放回去。然后，我们再回去。"

"如果不贴合呢？"

"我会再试一次，我可能是放错方向了。"

"如果还是不贴合呢？"

"那整件事就是个败笔。快点。这该死的门要怎么打开？"

贾尔斯从他身前斜过身子，打开了车门。

"你能下车了吗？"

"刚刚好。"

贾尔斯轻轻地关上车门，并将车上了锁。然后，他们一起站在小路上听着声音。一只猫头鹰在卡德莱树林中捕食，发出可怕的叫声，将它的猎物吓得呆住了。一阵微风吹乱了树木。

他们沿着小路出发了，谁也没有说话，他们小心翼翼地走着，猫头鹰又在更近的田野中叫起来。大多数生物都默默地跟踪猎物，戴维想道，但猫头鹰就像成吉思汗、希特勒或者斯大林，它会大肆宣扬自己要做的事，受害者听到之后，就只能等待被抓，毫无反抗之力。

他们走了一分钟，来到了向左的转弯处，那是一条通往松林小屋的林荫道。几乎就在对面，路的另一边，巴兹尔·杰森的房子在天空的映衬下显得漆黑一片。随后，他们走进树林，首先经过麦里克树林中的松树，然后是卡德莱树林中的大山毛榉和大橡树。走在树间，一片漆黑，因为天上没有月亮，只有星星。

他们来到露天采石场时，天稍微亮了一点。这条路向下延伸到熟悉的小溪，向上则延伸到埃克塞特大道。

半山腰有一束固定光源。"那是什么？"戴维突然停下来问道。

"一辆车。"

那辆车并没有停在玫瑰小屋外面，而是停在距离山顶不远的地方。看来他们可能不太走运，似乎有客人拜访亚瑟·帕斯利，虽然房子的正面一片漆黑。

RTK 549H。戴维对汽车一无所知，除了劳斯莱斯，他无法区分其他汽车。但他对数字有着绝对的记忆力，他把数字编成一些没什么用的小故事用来记忆。戴维认为，RTK 可以拼写为北极，5 加 4 等于 9。仅用了两秒，他就想到了几座冰山，还有九头北极熊。当他们到达玫瑰小屋时，"该死，"他低声说道，"这是谁的车？"

"我以前没见过这台车，"贾尔斯说道，"它看起来很新。"

"我们必须冒这个险，"戴维说道，"至少房子是漆黑一片的。"

贾尔斯一只手提着篮子，另一只手拿着石头站在那里，对他来说，空气中弥漫着亚瑟·帕斯利花园中的气味，是玫瑰、金银花与烟草的气味。戴维开了一下手电筒，看到门柱紧靠在树篱上。

"该死。"戴维低声说道。随后，他把手电筒放进口袋，贾尔斯知道他把石头拿反了。当他再次打开手电筒时，贾尔斯听到他说："是那块石头……我能从灰浆的纹路上看出来。但它还是不贴合，我要把它放到篮子里处理一下。"

过了几秒钟，戴维说道："现在，把它给我吧。"接着手电筒又开了一秒，贾尔斯听见他用恍惚的声音说道："愿荣耀归于上帝！"随后，当戴维把石头放回篮子里时，他感受到了石头的重量，当前者把另一块石头拿走时，他也感受到了戴维手的重量。

五秒钟后，他们下山朝小溪走去，那块石头——那块裹着灰泥浆的石头，在篮子中。在戴维的口袋里，有一些纸，是他从篮子里拣出来的。他不想让这些东西掉在路上：那是用来填充帕斯利家门柱的纸，用来支撑一块原本不属于这里的石头，却阻碍了另一块本应该在这里的石头。

当他们上山前往采石场时，开始下起了小雨。"这没什么坏处，"戴维轻声说道，"如果我们在砾石上留下了痕迹，正好可以用雨水清洗一下。"

八

他们两个如果都不熟悉这条路，就会觉得迷路了，树与树之间一片漆黑。

就像一个在孤独之路上的人

在害怕与恐惧中行走……

每当戴维在孤独之路上行走时，他都会想起这些诗句，这些诗句总能让他不寒而栗。他很高兴,自己现在不是一个人,他和那些可怕的猫头鹰在一起——仿佛来自《麦克白》中的猫头鹰。

很快他们就到了山顶。他们可以看到左前方杰森的房子,比天空略暗一点。右侧是穿过松林的公共道路旁的荆豆丛。只要再用两分钟,戴维想到,我们就能穿过荆豆丛。

这时,"听!"贾尔斯突然说道,"有一辆车开过来了。"

"我没听到……"

"有……快!"

贾尔斯将他从路上拽了回来,推到荆豆丛后。

"他还没有到达山顶。他不可能看到我们。听!"

接下来,戴维也听到了声音,随即便看到了光亮,车灯一路上在山丘和山谷中搜寻着,在树篱中搜查着,但只发现了皱巴巴的松树皮和橡树绿叶。过了一会儿,灯光穿过了荆豆丛。随后,汽车缓慢地开了过去,就像关上了百叶窗那样,这里又陷入了一片黑暗。

贾尔斯和戴维站起身,走回路上。

"他为什么把车开得这么慢?"戴维问道,"他在找什么东西吗?"

"他可能是迷路了。"

"还是说,这里就是他旅途的终点呢?"戴维又说道。

他一直注视着车尾灯,红色灯光是突然消失的。"我觉得他不会去西蒂德维尔，他要去的应该是巴兹尔·杰森家。"

"开车的人可能就是巴兹尔·杰森。我没看清司机。"

"我们继续走吧，"戴维说道，"我们不能待在这里。"

"有灯光，"贾尔斯说道，"是杰森，没有错。"

"或者是有人来拜访他。"

他们一前一后地走着，尽量贴近树篱，从河岸种着的山毛榉丛中向外张望。这很容易，在任何树篱中，树根附近总会有些空隙，这些空隙与视线齐平。

他们的机会只持续了一分钟。房门开着，门廊里闪烁着灯光。巴兹尔·杰森站在打开的车后备厢旁边。另一个男人背对着树篱，拿出两个手提箱，将它们拎进了屋。随后，杰森关闭了后备厢，跟着他进去，关上前门，关了灯。

当他们开车回到奥特里旅馆时，戴维说道："我知道你想听我解释今晚这样做的原因。我不知道，贾尔斯。我的想法不像早上那样清晰了。不过，等我把这些思路理顺后，会告诉你的。"

"好吧，戴维博士，我会耐心等待的。"

接下来，沉默了一分钟后，贾尔斯说道："我想知道和杰森在一起的人是谁……我们只看到了他的背影。"

"背影包括了他的耳朵。"戴维说道。

贾尔斯转过头，眼中带着疑问。但戴维没有详细说明，他在想别的事情。杰森告诉奥特里酒吧里的女孩，他要离开了，但他没有装行李，他根本就没有带行李。嗯……这是有道理的。即使在乡村深处，把财物留在车里的人也是傻瓜。一个人能听到几次无线电报警呢？从车后备厢被偷的东西，外交文件，医生病例，危险药物……不……那些都没什么真正的意义。

不过，这么快就认出 RTK 549H 还是很有趣的。还有，为什么它一直停在玫瑰小屋外呢？

推理解谜题　无须再立案

一

　　戴维博士醒得很早。他一般六点就醒了，但接下来他会翻个身，再睡个回笼觉。有时，他睡不踏实，就会趁这段时间随心所欲地想一些事情。这能给他带来快乐，也值得精神学家研究一番。有时，在半梦半醒之间，他得以从另一个角度思考问题，然后，他会突然从床上坐起，说一句"当然"。

　　今天早上，他半梦半醒地躺在那里，听着悬崖下面的海滩传来潮涨潮落的声音，由于风向发生了改变，海浪声听起来波涛汹涌。海浪拍打石头的声音让戴维想起了罗伯特（一向如此）：儿时的罗伯特躺在

204

水边，飞沫快速地将他淹没，海水又退了回来，涨涨落落，冲刷着鹅卵石。六十年前的海滩让他不禁……就像几天前那样……想起了老斯台普顿、走私牧师和白兰地桶藏时代的蒂德维尔·圣彼得。如今，走私犯就不能肆无忌惮地这样做了……人太多了。然后，不，他想道：不是太多人，而是太多小桶，太多大物件了。不过，并不总是小桶，他想道。而且，也并不总是大物件。比如，钻石，钻石就不大。毒品也不大，毒品很小。你可以把它放进口袋，放在手提包里，放在……不过，他并没有完成对毒品交易的揭露，因为他突然睡了十分钟，做了个美梦。

如果有二十五个巴基斯坦人在肯特海岸着陆，戴维就能立刻让自己了解现在的处境，并迅速逃脱，接下来就可以让其他念头继续降落在这里了。随后，他开始考虑自己该如何做——突然，他从床上坐起来，说了一句："当然。"然后自嘲道，"不是理所当然，只是一个想法。"但这是个好想法，足以让他起床了。

现在是七点二十分。他穿过房间，拉开窗帘，从窗外花园远眺大海。海湾中满是白浪，花园中阳光灿烂。戴维博士这辈子从未这么快起过床。他八点钟就出门，到了悬崖上。

海浪声与其说是嘈杂，不如说是汹涌。一股巨浪拖曳着鹅卵石。阳光明媚的早晨不会持续太久，乌云正在向西南方聚拢，马上就要下雨了。

戴维坐在长椅上，考虑他这么快起床的原因。在半梦半醒中让人感觉兴奋和合理的事物，一旦仔细思考，就会发现难以实现。有太多关于诗句的笑话，导致诗人在凌晨两点钟起床，在床边的笔记本上狂热地涂鸦。"你在春天多么可爱，在秋天多么美丽……"现在，半梦半醒间的灵感在他的头脑中不那么清晰了。走私小东西的简单方法是有的，但这并不能证明有人在做这样的事情。这只是一个有趣的想法。

现在他完全清醒了，他的思绪自然被昨晚的经历所吸引。有些事实是不容争论的。他在砾石坑里找到的那块石头正好能嵌入亚瑟·帕斯利家门柱顶部的缝隙中，有人将它拿走了，在原来的地方放了另一块石头。他要找到第一块石头是从哪里来的，这似乎是不可能的，不过，他已经做到了。它来自距离犯罪现场非常近的地方。拿走它的人一定很了解玫瑰小屋……足够了解，已经到了知道那块石头松动的程度。但另一个问题就出现了，新的石头是从哪儿来的呢？要是他能弄明白就好了……它可能就来自海滩，可他并不这样认为。在紧急情况下——填补这个空缺显然会被认为是紧急情况，那个人肯定要带着立刻能拿到的某样东西，在特殊情况需要时不用特地去找的东西。在采石场边缘，人不可能立即拿到一块海滩上的石头。不，当那个人安全回家并准备用到一块石头时，它一定是可以立刻拿到的。这就产生了一个几乎不

206

可能解决的问题，除非亚瑟·帕斯利就是把石头放回原来位置的人（这是最显而易见的假设，但他做事利落，他为何不把石头用灰泥浆砌回去呢），否则后来放进门柱的石头就可能来自蒂德维尔·圣彼得的任何地方。

任何地方都可以，可奇怪的是，昨天晚上借着手电筒的光亮看到那块石头时，他有一种感觉，他以前一定在什么地方见过这块石头，但一时又想不起自己究竟在哪里见过。

又过了几分钟，他望着白浪和海湾中盘旋鸣叫的海鸥，它们正在寻觅早餐。随后，他看了看手表，已经八点半了。可以准备吃早餐了。他穿过花丛，走回旅馆。

就像大多数的英国旅馆那样，奥特里旅馆的早餐非常棒。在这里，没有人们所说的欧洲大陆的节制，也就是说，人们可以吃自己喜欢的早餐，不必受限于一成不变的菜单。菜单上有五种不同形式的鸡蛋、培根、果汁、谷物和吐司。戴维没有犹豫，他付了钱，然后，就像其他人那样点了菜，愉快地用了餐。

今天早上，他花了很长时间吃早餐。离开餐桌前，他把手伸进口袋，掏出了那本蓝色笔记本。他本想在遗忘之前把自己的一些想法写下来，不过，在笔记本封套里他又发现了那张纸，那是他在亚瑟·帕斯利家门前找到的。那是个普通的，却相当脏的纸袋，不是那种彰显皮尔西商店领先地位的袋子，只是一个普通的纸袋，而且已被严重损坏。他将袋子铺平。

这是个很好的袋子，吹鼓后，可以砰的一声拍爆，戴维想道……这个想法，像其他那些想法一样，把他带回了在蒂德维尔·圣彼得的孩童时光。通常，他们每次游完泳，都会把小圆面包拿到海滩上吃，再把装小圆面包的袋子吹得鼓鼓的，将它拍爆。他很想拍打这个袋子，让它发出"砰"的一声，但他是不可能这样放纵自己的。一方面，是因为这个东西可能会变成证据，必须要保护；另一方面，也是因为他不想吓到那几名年长的女士，不想为她们的意外死亡担责。她们喝完最后一杯咖啡后，就深深地沉浸在小说中。她们与小说从未分离，甚至在吃饭的时候都未曾分开。

因此，他没有让袋子"砰"的一声爆炸，而是将它放在桌上铺平了，他不知道自己想要做什么，也没有想太多。它的确被弄皱了，不仅是因为他的折叠，还因为它曾包着石头，被塞在了门柱顶端的凹槽中。他将袋子的一面抚平，又翻过来抚平另一面，这时，他才注意到袋子角落的字。

13ᵗʰ b Seo fan

戴维仔细看了看这些字。它们不难破译。13 号似乎是个日期。那么剩余的部分是什么意思呢？他打开袋子，朝里面看了看，什么都看不到。随后，他将纸袋放在桌上，轻轻地抖了抖袋子。他又将袋子翻过来，检查白色桌布上有什么东西。这时，他真希望自己有一只放大镜，那可是一个侦探传统行李中非常重要的一部分。但即使没有它的帮助，他也能分辨出从袋子的一角中掉出的东西。那是一块又小又干的老式面包屑。袋子中可能装过小圆面包、蛋糕或是司康饼……是的，是司康饼……"sco"指的是司康饼，六块司康饼。那么，以"G"开头的，难以确认笔迹的词……或许那个字母是"S"，或者"F"？……毫无疑问指的是它们要送去的地方。那是一种字面上的解释。乍一看，这似乎是件让人激动的事，代表着某种信息。但信息一般会写在一张小纸条上，而不是在一个皱巴巴的袋子上。它可能已经被买家拿走了。唉，有人在 13 号买了六个司康饼，并付了钱，这就是这个袋子能报告的全部信息了，或者说几乎是全部的信息了。"它肯定是证据，"戴维自言自语道，"将纸袋塞进凹槽里的人就是拿走石头的人，不要忘记这一点。"想到这里，他突然陷入沉思。"是的，"三分钟后他小声说道，"的确如此。"随后，他在桌旁站起身，径直走出旅馆，到了街上，他向右走去，不久便进了旺纳科特家——蒂德维尔·圣彼得最早开的面包店。

时间还早，商店里空无一人，旺纳科特太太正在把新出炉的面包摆到货架上。

"早上好，旺纳科特太太。"戴维说道。

"早上好，戴维博士。"（旺纳科特太太是留在蒂德维尔·圣彼得的居民中，为数不多记得戴维的人之一，他们年龄相仿。）

"您还送货吗，旺纳科特太太？"

"唉，我们不送货了，"旺纳科特太太说道，"恐怕不行了。我丈夫生前总是送货，但我已经放弃了。我没办法找到送货的男孩，即使能找到，他们要的钱也太多了。"

"我猜是这样的。"

"当然，我们还接受预订单，当顾客打电话来时，我会为他们创建一个订单。您想要什么吗，戴维博士？"

"是的，麻烦您了。我想要半打司康饼。"

"当然可以。"

"但不是今天要，是明天。"

"愿意为您效劳，戴维博士。我会在袋子上做个标记，现在，让我想想……明天是8号，不，不是，是9号，对了。现在……"她拿起了一个纸袋。

"多少钱？"

"请支付十八便士。"

戴维把钱放在柜台上，看着旺纳科特太太用一截铅笔头在纸袋的一角写字。

字迹毫无疑问。不过，他注意到，她没有写"Pd（已支付）"。柜台上还有一两个袋子等着装，订单角落处写着他们缩写的地址。这些订单上面也没有标注"Pd"。

"谢谢您，旺纳科特太太。"

"谢谢您，戴维博士。我相信，明天也是美好的一天。"旺纳科特太太说道。

戴维走回奥特里旅馆时，从口袋中拿出那张破旧的纸，仔细看了看。"那些袋子上都有地址，"他轻声说道，"但它们都是缩写。我得找出这个词是什么。它看起来并没有什么特别，却很有意义。天啊！"他突然停在了台阶上，自言自语道，"是的，我相信它的确意味着什么。"

戴维博士跑上楼梯，这远比有益于他健康的速度快得多，他推开玻璃门，到了接待处。

"明戈小姐，"他说道，"你能帮我……"

"如果可以的话，当然，戴维博士。"明戈小姐说道。帮助他人正是她喜欢做的事。明戈小姐的目标是成为接待员中的完美典范。

"我想知道……你这儿有放大镜吗？虽说我并没期望……"

"不过，我这儿有，戴维博士。"明戈小姐扬扬得意地说道。

"你这儿有！你真是太让人钦佩了！"

明戈小姐脸红了。"一年前，有人把一个放大镜落在这里，却一直没有来认领，然后我说：'我留着它吧。总有一天会有用的。'现在，让我看看……"

明戈小姐打开了一个抽屉，在一堆铅笔、火漆、绳子、橡皮、透明胶带和剪刀中间翻找着。"它就在这里，我知道。是的——找到了，戴维博士。"

"你简直就是个魔术师，明戈小姐。非常感激……"

"哦，不用谢！"明戈小姐说道，带着一副心满意足的神情合上了抽屉。

戴维把放大镜放进了口袋，回到自己的卧室。他在明戈小姐面前守住了底线，但他却不喜欢自己手中的放大镜。放大镜会暴露他的秘密，他特别不喜欢从福尔摩斯[1]这个人物身上看到自己。但他需要放大镜。整整一分钟，他透过放大镜盯着纸袋上的字迹。随后，他打开一个抽屉，拿出贾尔斯交给他的那份报纸上的调查报告。他想证实一些事情。

---

1 夏洛克·福尔摩斯：英国侦探小说家阿瑟·柯南·道尔所著小说《福尔摩斯探案集》系列以及衍生作品中的角色，是一位才华横溢的侦探。

那没有花费很长时间。随后，他走到窗口，坐在所有守旧的旅馆房间都有的一把椅子上，那种椅子又小又不舒服。

就像大多数独自生活的人那样，戴维博士经常自言自语，不仅是在脑中与自己对话，还会大声说出来。他现在就脱口而出："人们从来没有想到过会有如此巧妙的东西。日期、纸袋和石头。那块石头，我敢肯定就是那块石头。我知道自己以前在什么地方见过它。"

是松林小屋。石头和纸袋都来自松林小屋。最后一个词以"G"开头，它意味着冈扎贡。而13号是亚当·麦里克死亡的日子。

一只知更鸟落在窗台上，歪头看着戴维。它似乎在期待着什么。毫无疑问，它正盯着那些面包屑。戴维喜欢知更鸟，他也明白了这只鸟的心思。他想道：如果我的推断是正确的，那凶手的范围就从所有人减少到二个人了。想必我　定是正确的。但那个人现在到底在做什么呢？

二

为了解开谜团，他爬上山去松林小屋。如果不去和麦里克夫人谈一谈，就不会再有任何进展了。巴兹尔·杰森可能在开始他的商业旅行前会打个电话告别一下。他并不觉得这有什么意义。

这一次，前门没有开着，对于前来拜访的人来说……还不到十点……时间还早。不过，这让按响门铃变得愈发困难，他甚至希望自己没有来过，他能够听到门的另一边传来的呼呼声，有人在打扫，几乎可以确定不是麦里克夫人。

他等了半分钟。随后，他克制自己，轻轻地、短暂地按下了门铃。这是要提前表达对主人的一种歉意。他立刻从里面听到了一声"啊，累死我了"，那疲惫的音调，是清扫地毯的人发出的喘不过气的、无助的叹息声。接下来，门被一个穿着围裙、和蔼可亲的中年妇人打开了。在她身后的大厅里，乱七八糟地放着扫除用具。

"恐怕我来得太早了，"戴维说道，"但我想在麦里克夫人出门前见她一面。她在家吗？"

"是的，她在家。请进，先生，我去叫她。我刚刚打扫完客厅。您会发现这里很整洁。我该如何称呼您？"

"戴维博士。"

女人关上了门。如果她走进厨房或花园，他还会站在那里等，也许会走到窗前，透过松林远眺大海。可她并没有走进任何地方，而是迈着沉重的步子上了楼。如果麦里克夫人在楼上，戴维想到，她可能正在化妆。她在化好妆前，是不会下楼的。他还注意到，楼梯有两级台阶嘎吱作响。在这种情况下（但他对自己的不良行为有点吃惊），他走到摄政时期的工作台前，打开了抽屉。花园的彩色照片还在原来的位置，他很久以前看过的照片在最上面。他拿起那张照片。亚当·麦里克站在前门旁，右边是一簇水仙花。门旁的石头——周身围有奇怪白色条纹的石头。

两秒对他来说就足够了。随后，他把照片放回原处，关上抽屉，走到窗前。那里有极好的景色。当然，这也是一个最容易被人发现的地方……如果他将照片晚放回去一秒，就会被人发现。麦里克夫人的脚步比梅尔丽夫人轻。楼梯上并没有发出嘎吱嘎吱的警告声。

"戴维博士……早上好。"

"我希望自己来得不是太早。我想在您出门前和您谈谈。"

"请坐。您想租下这栋房子吗？"

"我的确有这个想法。不过很抱歉，我还有一些问题没解决。"

"没有解决吗？"

"其实，我来拜访您，是想问您别的事情，但又觉得有点不好意思。"

"不好意思？那与我丈夫的死有关吗？"

"是的，麦里克夫人，的确如此。您已经直奔主题了，我也会同样开门见山。有些事情是我被迫注意到的。我想……"

"您并没有让我非常吃惊，戴维博士。我早就听说您对我的采石场感兴趣。您为什么要为警察和陪审团都满意的事情烦恼呢？它只会带来悲痛。我宁愿相信那只是个事故，而不是您暗示的那种事。您想见我……是关于什么事呢？"

"这就是问题所在，麦里克夫人。我不是警察，并没有接受过寻找线索、制作脚印模型与破译指纹的特训。如果能找到线索，我会很感激。不过，总的来说，我只能推理。"

"您想到了什么？"

"我觉得是一个长期对您丈夫怀有杀意的人突然遇到了意外的机会。我想，那个人听到了他与欧内斯特·斯塔宾斯的争吵。天渐渐黑了，麦里克先生正准备从采石场附近的小路回家，他太生气了，满脑子想的都是自己的烦恼，因此，遇到突发事件时，就很容易受到惊吓。我想，那个人知道玫瑰小屋门柱顶端有一块松动的大石头，他拿走了那块石头，去了距采石场最近的地方等着。我觉得您丈夫是在路过时被那块石头砸中的，他跟跟跄跄地走向悬崖边，要么是跌落下去，要么是被人推了下去。"

"您肯定不会在没有任何证据的情况下同我说这些吧？"

"对，我是有证据的。证据……就是那块石头。"

"有证据？"

随后，戴维告诉她，他在欧洲蕨中找到的石头——那块包裹着灰泥浆的石头。灰泥浆里有三根黑色的头发。"石头正好与门柱上的洞贴合。因此，确定且不可否认的是，有人把它从帕斯利先生家的门柱上拿走了，随后把另一块石头放在原来的地方。"

戴维停了下来，看着麦里克夫人。但麦里克夫人一直盯着脚下的地毯。可能她觉得这个姿势富有戏剧性地优雅，也有可能是她不喜欢被密切关注，她对此没有作任何解释。

戴维在椅子里向前探着身子，把胳膊肘支在膝盖上。

"您还记得我们关于海滩石的谈话吗？"

"是的，我记得。您认为不应该用它们做门当。"

"后来我才发现，您也这样认为。"

麦里克夫人抬起双眼："您是如何看出来的？"

"不久以前，您自己也有一块这样的海滩石门当……在您下定决心用那块厄尔巴岛的漂亮石头取代它之前。"

"是的，的确如此——但您究竟是如何知道我什么时候开始用厄尔巴岛的石头，或者说我之前可能用了什么石头呢？您只来过这里一次。"

麦里克夫人又惊讶又好笑地看着他。

"您是巫师吗，戴维博士？"

"不，是您自己告诉我的。"

"我告诉过您？"

"是的……您说过，两年前您就把厄尔巴岛的石头带回来了。"

"那又如何？"

"您还给我看过一张照片，是一张春天您丈夫站在门旁的照片。水仙花盛开着，他站在水仙花旁。门旁是一块海滩石，那是块辨识度很高的石头，比其他周身围有奇怪的白色条纹的石头要黑一些。那张彩色照片拍得很好。我想，您之所以选择这块石头，是因为它与众不同，而且看起来很有戏剧性。它如今在哪里？这个问题的答案也许会让我们有所发现。"

"我不知道它在哪儿。"麦里克夫人说道，她的脸涨得通红……突然，戴维想起他第一次来拜访时，当他提到门旁那块厄尔巴岛石的场景，那时候，她的脸也涨得通红。

"为什么？发生了什么？"他问道。

"我把它扔掉了。"

"把它扔了？什么时候，麦里克夫人，什么时候扔掉的？"戴维前倾身体，急切地问道。

"我不知道。亚当死后，天气很冷，蒂德维尔·圣彼得的人都不缺门当。后来，我又离开了几天，或许就是在那时扔掉的。"

"从那以后，您就再也没见过它吗？"

"从来没有。那块石头有什么特别的？"

"答案……非常确定。我觉得帕斯利先生家门柱上的石头就是原来在您家门口的那块，它取代了之前的那块石头。"

218

"那太棒了，真是物尽其用。"

"我同意。谁也想不到有人会故意来这里拿一块石头。但如果有人了解这栋房子，住在这附近，想要快速地拿到一块石头……他可能会在紧急情况下拿走这块石头，在一种戏剧性的紧急情况下。找到那个人……"

"什么样的人会做那种事？"

"这就是问题的关键。人要想找到线索，要么是靠运气，要么是靠勤奋。推测属于一种思路。首先，用石头砸死人，这可能是那个人突然做出的决定。他不是带着匕首或枪的潜伏者，只是抓住了一个偶然的机会，而且，在最后关头，那个人还在疯狂地寻找武器，似乎丧失了理智，无法冷静思考，直到他找到那块石头。最终，他做出了一个大胆的决定：将另一块石头填补在门柱上……这是在画蛇添足，因为有很多流氓会破坏树篱、打破门柱，没必要填上一块石头；最后，这个人的行动速度很快。帕斯利先生似乎没有注意到替换的石头，他只注意到了门柱上的缝隙。也就是说，这块石头肯定是在第二天早上帕斯利先生出门之前被换掉的。顺便说一句，您那天提前给他打了电话，这是帕斯利先生告诉我的。我想您还没有注意到……"

"是的，我没有注意到，"麦里克夫人说道，"我当时精神恍惚，没有注意到门柱上的石头那种荒谬的东西。"

戴维站起身："我不能再打扰您了，麦里克夫人。很抱歉在您没有告诉我这些信息的前提下进行调查。"

"他骗人。"麦里克夫人自言自语。她对戴维说道："感谢您告诉我这些。但我必须说，我绝不相信您告诉我的事情，尤其是那块石头的事。没有人拿走过它，我把它扔掉了……扔下了山坡。谁又会去找呢？这没什么意义。"

"还有，"戴维悄声说道，"您的房子与冈扎贡小姐的那一小块区域是互相通着的吗？"

"完全不，我们各走各的。冈扎贡小姐有自己的大门。您对此很感兴趣吗？"

戴维博士考虑了一下，"是的，"他说道，"我对此……非常感兴趣。这意味着在3月13日晚上，或者3月14日凌晨，您不可能走进她的厨房，借走一个纸袋。"

"是的，"麦里克夫人疑惑地说道，"我不可能这样做。这样做有什么意义呢？"

"显然没有什么意义。我只是想了解一下。再见，麦里克夫人……感谢您与我谈话。"

"再见。"麦里克夫人说着，狠狠地盯着他。

她没有送他到门口。

三

当他迈着沉重的步伐下山朝着村子走去时，他觉得自己就像个大傻瓜。他摊牌了，却没有得到任何回应。就在一小时前，他还确信自己的方向是正确的。现在他问自己，有没有可能雷切尔·麦里克只是以戏剧性的寡妇身份一大早去拜访亚瑟·帕斯利。这似乎是不可能的。但在那时，冈扎贡小姐为什么（据欧内斯特·斯塔宾斯所说）会在半夜造访玫瑰小屋呢？毫无疑问，是斯塔宾斯说得太夸张了，但她为什么要去拜访？亚瑟·帕斯利又是从哪里卷入这个错综复杂的故事的呢？亚瑟·帕斯利……最初，他只对亚瑟·帕斯利那个现代的水晶球感兴趣，没有把他与亚当·麦里克的死联系在一起。现在，他对亚瑟·帕斯利本人也越来越感兴趣了。

山脚下有几家商店：一家古玩店，一家烟草店，家乳品店。乳品店的玻璃门后贴着一张海报。园艺协会在行政堂区大厅里宣告了它要举办的夏末花卉展览。戴维在那里站了一会儿，读了上面的内容。"天啊！"他惊呼道(是那天的第二次了)，"天啊！我忘记了园艺协会。现在，一切又变得不同了。我一直在想的一切，一切都有点出乎意料。我的观点就像一组稍微有点模糊的照片。我的想法几乎都是正确的，但又不完全正确。园艺协会很重要。我完全忘记它了。"

戴维来到乡道上时，他又犹豫了。他不是有意这样做的，但现在，他似乎别无选择。他得问问冈扎贡小姐那个水晶球的事。

当他转到前街时，几滴大雨点开始落下，就好像预先安排好的密码被自动修改那样。它们欢欢喜喜地问彼此："这是夏末吗？""现在随时都可能下大雨。"比较滑稽的几滴雨点这样说着，便匆匆上路了。

从旺纳科特家走出来一个瘦弱的小妇人，她抱着一堆包裹。

"早上好，戴维博士，"她说道，"我是斯塔宾斯夫人……您还记得我吗？"

"是的，的确是您，"戴维说道，"抱歉，我没有认出您。您戴了顶帽子。"

"啊，"斯塔宾斯夫人神秘地说道，"是斯塔宾斯先生让我这样做的。他说，我作为行政堂区委员会主席的妻子……"突然，她按捺不住内心的喜悦，朝着家的方向走去。"一点钟就要下雨了。"斯塔宾斯夫人转过头说道。

当他打开冈扎贡小姐店铺的门时，老式门铃"丁零零"地响了起来。店里没有其他人。戴维在一个十八世纪的玻璃杯那里整了整领带，他环顾四周。没有专业化的商品，但有很多让人喜欢的物件。店里摆放的样品包括：印有"看顾人的上帝"字样的盘子、维多利亚女王周年纪念的马克杯、一套扇子收藏和一条有斯塔福德郡土狗图案的皮带。在这种商店里，什么东西都可以买到。戴维首先找到的是一只伍斯特杯，当然是沃尔博士时代的那种，这个杯子是白色的，带凹槽，皇家蓝色的带子上镶着金边。他想，自己必须要买下这个杯子。随后，他突然意识到自己不再是一个人在这里了。冈扎贡小姐站在商店的后门口，几乎是很害羞地看着他，如果他没有预先感知到这种情况的话，他也许会这样想。事实上，在戴维看来，他在看着她，而她似乎也在看着他。

"早上好。我在看您这些美丽的展品。"戴维说道。

"请看吧。"

"如果可以的话，我想问您一个问题。我自己也是个收藏家，我非常喜欢水晶球。您明白我的意思吗？"

"的确，我明白，"冈扎贡小姐说道，"我和哥哥在上托儿所时，拥有一个水晶球。我记得哥哥打破了它，因为他想知道水晶球运作的原理。当然，接下来它就坏了。我一直很喜欢水晶球，我也希望自己有能够向您展示的水晶球，可我并没有。"

"帕斯利先生，"戴维突然说道，"我想，您是认识他的……"

"是的，的确如此。"

"帕斯利先生非常慷慨地给我看了他的收藏。其中有一件是现代的，用一些便宜的材料做成的，这让我觉得很奇怪。他说是别人赠予他的，但它本身是来自您的店里。"

冈扎贡小姐有点脸红了，她说道："是的，我记得。"

"我能问问您是从哪里得到它的吗？"

戴维目不转睛地看着冈扎贡小姐，冈扎贡小姐也回头看向他。

"我很抱歉，"她说着，就好像在对失去亲友的人表示慰问那样，"不过，我不清楚。这听起来很愚蠢，却是真的。事实上，是我找到了它。我喜欢花朵，无论是野花，还是花园里的花，我都喜欢，我经常出去采花。一天，我去了一个老旧的砂岩采石场，想看看能找到什么。我肯定不应该进去，可它看起来太神秘、太诱人了，于是我就进去了。那里很值得去。我看到有只女贞鹰蛾栖息在圆木上，这可不是每天都能看到的。后来，在垃圾堆边上还发现了这个东西。而且，真的，我想，我不能让它被扔掉。于是我将它放在篮子里带回了家。它看起来很新。我觉得自己在偷东西……它一定是被不小心扔到那里的……但我不喜欢不必要的浪费。"

"嗯，我也不喜欢，"戴维说道，"但恐怕您不能再帮我找一个了。"

"恐怕不能了。"

"抱歉，打扰您了，"戴维说着，朝门口走去，"这个沃尔博士时代的杯子真漂亮。"

"啊……您认为这是沃尔博士时代的杯子吗？"

"当然，那漂亮的蓝色，加上美丽的褶边。再见，我必须快点走了。要下雨了。"

冈扎贡小姐在门口站了一会儿，看着他沿路返回奥特里旅馆。

"我敢肯定他并不想要那个水晶球，"她自言自语道，"那么，他为什么要问这个呢？"

"有一封给您的信，戴维博士，"明戈小姐在旅馆接待处说道，"是今天的第二批邮件。"

一封来自伦敦的信，他并不认识那封信的笔迹，他把信带到了阳光休息室。打开它之前，他静静地坐了一会儿，看着雨水打在窗上。

那是一封唐纳德写来的信，还有艾琳的附言。他读了三遍，然后把信放进了口袋。他会在午饭后回信，此刻，他不希望被人打扰。他相信，真相就在眼前，但不知为何，他脑中一片混沌。现在要做的，就是再好好整理一下思路。他拿出了那本蓝色的笔记本。笔记本现在已经快用完了，但写东西是保存他思想的唯一方法。

麦里克夫人：我本想问她纸袋的问题，让她大吃一惊。结果，她只是很困惑。我本想让她知道石头的事，吓唬她一下，然而，她就是不相信我。这让人有点难以接受。一个人怎么可能仅通过一张照片，就认出是哪块石头呢？是她演得好，还是我的思路完全错了呢？

最重要的就是纸袋。可以确定，它一开始属于冈扎贡小姐，但我猜想麦里克夫人可能借走了它。也许她不是借走。如果她没有这么做，事情就更简单了。然而，另一种选择似乎不太可能。是冈扎贡小姐……

写到这里，他突然停了下来，不知道接下来要写什么。内容实在太多了。他又想起了冈扎贡小姐的小型野餐，想起了自己清晨半梦半醒时的遐思，想起冈扎贡小姐对水晶球的奇怪解释。随后，他的思绪就发生了转变，他在思考旺纳科特太太和她的纸袋。

他向窗外看了两三分钟。

不久，通过非凡的电报式心理联想，他发现自己回忆起了很久以前欣赏过的一部惊悚老片的情节。他已经忘了这部片子叫什么名字，是谁创作的；他也忘了这是个完整的故事还是一个短篇故事。他的确已经忘记了大部分内容，只记得一个核心要点：这是关于一个男人杀了一个澳大利亚游客的故事，那个人杀了他，偷了他的钱，把尸体埋在花园中，并在上面建了一座假山。事情做得干净利落，凶手滴水不漏……但出现了一点小麻烦，他不能离开花园，必须一直待在那里从事园艺工作。然后，来了一个侦探，他问了一些问题，不知怎么就发现了谜题的真相……他是如何做到的，戴维已经忘记了。他唯一记得的就是那个人和假山，他突然想起，凶手是个化学家，他毒害了那个家伙。

那就是全部的故事了。过了一会儿，戴维从故事中回到现实。他坐在那里，盯着空白页，思考海景旅馆、巴尔莫勒尔旅馆、圣玛丽旅馆、蓝铃花旅馆与科西·科特旅馆，以及旺纳科特太太缩写的客户……其中包括，他现在笑着记录的那位古怪的斯塔宾斯夫人。

随后，"笨蛋，瞎了眼又轻信的笨蛋。"他自言自语道。突然，他合上那本蓝色的笔记本，把它放进口袋。天啊，他太笨了！

他从椅子上站起身，走到过道上，给贾尔斯打电话。

"就像那些测试题一样，"他在等待应答时对自己说道，"哪个人最与众不同？啊，喂，是你吗，贾尔斯？"

"是我。"

"我想我已经找到了答案。"

"您已经找到了？"

"如果你不介意和我一起进行一场小型入室行窃的话，我们今晚就有机会弄清楚了。"

"几点钟？"贾尔斯问道。像戴维那样，他也喜欢扮酷。

"来吃晚饭吧，你能弄到多少钥匙，就带多少来，是那种现代挂锁的钥匙。可以吗？"

"可以。您的意思是那把挂锁……"

“是的，”戴维说道，“就是那个。”

四

整个下午都在下雨。戴维睡觉、读书，还给艾琳回了封信。他告诉她，三四天之后，他就会回到伦敦，如果她还在多塞特旅馆，他就会来看她。

喝完茶，他出去散步。雨已经停了，但云朵像一幅画那样固定在天空中，几乎没有移动。街上没什么人，商店开始陆续关闭，现在还不是酒吧营业的时间。

当他走近特平家时，冈扎贡小姐从店里走了出来，手中紧握着一条面包。她拿着一摞信穿过车道，走到邮局去。“多美妙的一天！多美妙的一天！”她对人行道上的一位老妇人说道。而老妇人对此进行了反驳，她认为现在的情况糟糕透顶，甚至应该乘挪亚方舟快些逃离。随后，冈扎贡小姐爬上了教堂后的平台，走上通往松林小屋的道路。

他没有继续爬上西山，他已经受够了西山。相反，他向左转，走近了维多利亚式的陡峭排屋，这里通往松林与悬崖。大海波涛汹涌，灰蒙蒙的，一片死寂。大海里没有游泳的人。船只被高高的浪打回海滩上。几只海鸥在空中画着不圆满的抛物线，它们大多飞到了陆地上，在田野中令人不可思议地趾高气扬地四处走着。海鸥这些反常的行为明确预示了天气的变化：夜晚将会一片漆黑。

夜晚将会一片漆黑。他对自己要做的事情并没有感到开心，但他想到了 K. W. 默特尔，他知道自己必须这么做。

他沿着悬崖小路下山，回到了奥特里旅馆，等待着贾尔斯。

五

他们离开旅馆时，已经是十一点钟了。"我们走着去，"戴维说道，"路程并不远，走着去也可以避免停车的麻烦。"

当他们到达采石场时，天已经很黑了。小溪附近有一盏灯，发出微弱的光，照着大门和老灌木丛中那块歪歪扭扭的旧布告牌。可采石场中却是午夜般的漆黑，海底般的寂静、潮湿。水从他们头上的树枝滴落下来，从草和野生黑莓刺上滑落下来。路上有淤泥，很滑。

"我们尽量不用手电筒。"戴维在出发前对贾尔斯说道。他两次在荨麻丛中迷了路。这时，他们突然发现了前面的小屋，黑上加黑。

"我们到了，"贾尔斯轻声说道，"还有，那边是斯塔宾斯家。"戴维透过黑暗向远处张望，看到两扇亮着灯的窗户，一扇在一楼，没有拉窗帘；一扇在楼上，拉上了窗帘。"斯塔宾斯夫人已经睡了。"贾尔斯说道。

"你觉得斯塔宾斯从那里看不到采石场的地面？"戴维说道，"但他可以看到……当然，不是全部——只能看到一部分。我在斯塔宾斯

229

家的花园时，特别注意到了这一点。"

"在这样的夜晚，"贾尔斯说道，"我希望他什么都看不到。"

"试一试那些钥匙。"

"我能打一次手电筒吗？"

"不能。"

"好吧，我试试不用手电筒。"

然后，他开始试钥匙，戴维听到他说："不行……不行……不行……不行……该死！我把它弄掉了……不行……不行……"

他说了十一次"不行"。

"你掉在地上的那把钥匙呢？"

"我能把手电筒打开吗？"

"不行，你必须像现在这样摸黑找。"

起初，他找不到钥匙，但它肯定在那里。他跪在泥里，拨开杂草，发现它掉在一片车前草的叶子下。

"把它擦干净。"戴维说着，站在黑暗中，等着听到"不行"这个词。但他却听到了"咔嗒"一声。"打开了。"贾尔斯小声说道。

"把挂锁和钥匙一起放进你的口袋。"戴维说道。这时，他听到门向后发出"嘎吱"的响声，就像蓝胡子城堡中的秘密，他感觉粗糙的木头抵着他的手。

"我们得利用手电筒的光，"贾尔斯说道，"快点。"

"尽可能地遮住它。"

贾尔斯用手帕盖住了手电筒，慢慢地在屋子四周照了照，随着他的转身，影子忽明忽暗。门旁放着铲子和镐头，它们都生了锈，看起来并没有人要求蒂德维尔·圣彼得行政堂区委员会的官员经常维护这些工具。小屋另一端的架子上有一些木箱子，都是锁着的。架子下面的地板上有两个更大的箱子。贾尔斯双膝跪下。"这些都是开着的。"他轻声说道。他打开一个箱子，向里面看。戴维斜靠在他的肩膀上，什么都看不见。但他听到贾尔斯突然轻声说道："真该死！"

"箱子里面是什么？"

"有很多廉价的水晶球，就像亚瑟拥有的那个。"

"给我一个，"戴维说道，"这就是我想要的东西。现在，我们可以走了。"

贾尔斯递了一个过去，戴维将它放进口袋。周围很暗，时间也很仓促，无法检查里面有什么。

"我能不能再看一下？"

"好吧……只看一眼。"随后，"不行，"戴维轻声说道，"把手电筒关上，不要动。"

他听到小路上有什么声音，那声音不是很大，不是脚踩在石头上的声音。草和泥都很软。这是什么东西碰到树枝发出的轻微沙沙声。接下来，便是一片寂静。

戴维脑中闪过各种想法，深更半夜来这里的人为了保护自己的东西，会无所不用其极。这种情况太危险了。那个人可能带着武器，戴维没有武器，铲子和镐头也都够不到。无论如何，它们都无法和手枪对峙。他等待着。

随后，一道光刺穿了黑暗，他被光照到了。小屋门口站着一个穿黑色雨衣、身材矮小的人。那个人把脸藏在一条黑色尼龙长筒袜中，手里握着一把左轮手枪。

这时，戴维感觉自己生存无望，但贾尔斯则不同。戴维像个生物标本一样，被那道光钉在墙上。但手电筒那狭窄的光束并没有照到贾尔斯，他跪在两码外的架子下。

随后，门口的人说话了。很难说他是否听出了那声音是谁，因为说的话太少了。那个人说道："出来。"

没有别的办法，他只能出来了。

接下来，那个声音说："走。"从他身后的方向，手电筒指出了他要走的路。那是一条通往水塘深处的小路，结果显而易见。

贾尔斯沿着草地跟过来，悄无声息地从后面抓住黑衣人的身体，他的左臂搂住那个人的脖子，右臂按住握左轮手枪的胳膊。一切在五秒内就能结束了。戴维转过身来，看到两个人影在淤泥中滑倒了。手电筒有片刻向上照射，大幅度地照亮了一根美国梧桐的树枝，接着，突然变得漆黑一片，他听到了手电筒甩到树干上的声音。

随后，传来了跑步的声音，是那个黑衣人想要逃走，贾尔斯跌跌撞撞地跟在后面。

戴维知道自己跟着他们也没有用。他站在黑暗中听着声音。脚步声穿过采石场的空地，消失在远处的草地上。从那里，那个人可以走通往松林的私人小路，或是走公共道路，或是绕过采石场山顶，抄最近的路回去。也许在那里还有一辆等待着的汽车。或者，他可以躲在卡德莱树林中。

起初，他什么都听不到。后来，他听到头顶上传来微弱的脚步声。穿着黑雨衣的人正走向主干道。如果他到了那里，就会逃掉，而贾尔斯可能会中枪。

突然，采石场中亮了起来。起风了，云层被吹散，在云层的缝隙中，水汪汪的月亮探出头来，这景象活像哥特小说中的图画。在这种戏剧化的场景中，他站在那里等待着声音出现。他听到了突然滑下去的声音，一声哀号，以及水花四溅的声音。

在微弱的光线中，戴维能够看到浅水区多了一些黑色的东西。老天保佑，不是贾尔斯！他想道……又按照自己的逻辑方式加了一句，

233

可是向上帝祈祷是没有用的。要么是贾尔斯，要么就不是。

他以最快的速度绕过了水潭的边缘。当他走近水中黑色的部分时，云层又聚集在一起了。一片漆黑，他什么都看不见。"贾尔斯！"他轻轻地喊道。

采石场很容易传播声音。一声"贾尔斯"就足够了。

"戴维博士！您在哪里？"在他上方的悬崖，有一只手电筒闪着光，贾尔斯回应了他。

"我在水边。"

"等一下……我来了。"

随即，他看到手电筒在采石场的边缘迅速移动。很快，贾尔斯就到了他身边，用手电筒的光照亮水塘。

那个穿着黑色雨衣的人躺在不到一英尺深的浑水中，仰面朝天。在他脚下，就像是超现实主义对死者的纪念，一支伞骨指向天空。

贾尔斯脱下鞋袜，卷起裤腿，蹚水把那个黑色的东西拖上了岸。

"我告诉过你，我已经猜到了那个人的真面目，"戴维平静地说道，"但'真面目'这个词只是个比喻。我没想到我们真的要这么做。退后吧，或者，如果你愿意，我会退后。"

"没事的，"贾尔斯说道，"我来吧。"

接下来，他一点点地把尼龙长袜卷了起来，他们低下头，看到了欧内斯特·斯塔宾斯那张已死的脸。

六

四天后，戴维与艾琳在她住的多塞特旅馆的房间里喝茶。唐纳德出门了。

"你是如何揭开真相的？"艾琳问道。

"不是靠敏捷的头脑，"戴维说道，"我犯下了无数错误。一开始，我觉得是麦里克夫人……与杰森合伙做的。是因为那块石头，也因为她一大早就去拜访了亚瑟·帕斯利。我不明白她为什么不打电话告知。我觉得那次拜访只是一个更换石头的借口。"

"你没有考虑到雷切尔·麦里克的戏剧感。"

"的确。然后我确信是冈扎贡小姐做的，因为那块石头，因为她在命案发生的当天晚上去拜访过亚瑟·帕斯利，因为她的野餐，还因为……主要是因为……那个纸袋。我甚至有片刻怀疑过亚瑟·帕斯利……那个最无害的人……因为他与冈扎贡小姐有联系。过了好几天，我才想起 3 月 13 日晚上园艺协会有一场会议。冈扎贡小姐从未在午夜造访过玫瑰小屋，她只是参加了一个开到很晚的会议……而且，我想她离开时并不像斯塔宾斯说的那么晚。

"当我发现 RTK 549H 停在帕斯利家门口附近时，我再度怀疑是帕斯利干的。但其实，杰森只是把车停在了那里，因为他不想把车停在斯塔宾斯的房子外面。想要误导他人，太容易了。

"决定性的证据是那个纸袋。当然，我把那个 G 理解为冈扎贡小姐……直到我突然意识到了一个明显的差异，一个旺纳科特太太做速记时的怪癖。冈扎贡是个人名，但其他所有的名字，巴尔莫勒尔和圣玛丽，都是房子的名字。因此，G 当然也一样，它代表着冈维尔小屋……我之前一直把'V'看成了'Z'。G 就是冈维尔小屋，也就是最近的采石场，是欧内斯特·斯塔宾斯的家。此外，为了证实这一点，我发现斯塔宾斯夫人在旺纳科特家购物，而冈扎贡小姐（和麦里克夫人）都是去特平家买东西。"

"你这个聪明的老家伙。"艾琳说道。

"一点也不。相反，我太蠢了。连同那个袋子，我不得不改变对那块该死的石头的看法。周身有白色条纹的石头并不常见，但也不是独一无二的。石头和纸袋必须放在一起。它来自冈维尔小屋，而且我毫不怀疑，斯塔宾斯为了掩盖石头的消失，还特意挖出了他自己的一些水仙花。他真愚蠢。"

"这么说，斯塔宾斯先生在掌控蒂德维尔·圣彼得的一切业务的同时，还在贩毒。亚当·麦里克以为自己可以胜过他。"

"是的，不过我并不是为了解开麦里克之死这一谜题才继续调查的。

谁杀了他对我来说无关紧要。我关心的是更重要的事——我所在的大学中一个男孩的生命，以及其他男孩的未来。我确信，剑桥大学中的雪景水晶球与玫瑰小屋中的水晶球有联系。我们面临的困难是，在不引起怀疑的情况下，弄清楚帕斯利家那个水晶球的来历。我不知道该从何入手。不过，我的确从唐纳德那里得知麦里克卷入了毒品走私之中。我觉得一个贸易对手比一个情敌或一个犯了过错的妻子更有可能杀死他。我想，要么找到杀人犯，揭穿一个毒品走私贩；要么找到毒品走私贩，揭穿一个杀人犯。"

"最后，我和贾尔斯之所以去采石场，一方面，是因为冈扎贡小姐告诉我，她在那里捡到了一个雪景水晶球；另一方面，是由于我想起了一个相关的故事，尽管情节已经记不清了。一个人可以把秘密保守得很紧，但欧内斯特·斯塔宾斯对采石场的兴趣让人疑惑。他与旅行推销员巴兹尔·杰森、与捕龙虾的沃尔特·福特之间的关系也让人费解。沃尔特·福特提着两个箱子走进巴兹尔·杰森的房子时，他的耳环闪闪发光。捕龙虾不一定非得需要摩托艇，也不能在中水道捕龙虾。据我推测，这些人做的是不能见人的勾当。可能我推测错了，但贩毒事件的发生说明事实确实如此。"

"去年三月，无须警方立案侦查，"艾琳说道，"而现在……"

"而现在就有了这样的案子，证据大多是在 RTK 549H 的后备厢里发现的。真奇怪，这一切都源于我在书房抽屉里找到的那本蓝色笔记本。"

艾琳低头看着地毯。

"就在罗伯特葬礼的那天。"她轻声说道。

然后，她抬头看向戴维，把她在信中无法写出的东西告诉了他。

"R.V，请不要认为我是个坏女人。我的确爱过罗伯特，我曾非常爱他。如果罗伯特还活着，我也不知道会发生什么。我想，会离婚。然而，现在他死了，我和唐纳德就再也不用控制自己的感情了，我们必须结婚。我不能让我的孩子成为卡德莱的非法继承人。我希望，你能理解我。"

"亲爱的，"戴维说道，"你真是我见过的最坦诚的女孩。罗伯特在娶你时，知道自己在做什么。"

图书在版编目（CIP）数据

无须立案 ／（英）克林顿·巴德利著；焦子珊译
．－－ 上海：上海文艺出版社，2023
（域外故事会推理小说系列）
ISBN 978-7-5321-8475-0

Ⅰ．①无… Ⅱ．①克… ②焦… Ⅲ．①推理小说－英
国－现代 Ⅳ．① I561.45

中国版本图书馆 CIP 数据核字（2022）第 161921 号

无须立案

著　　者：[英] 克林顿·巴德利
译　　者：焦子珊
责任编辑：蔡美凤
装帧设计：周艳梅
责任督印：张　凯

出　　版　上海文艺出版社
出　　品：上海故事会文化传媒有限公司
　　　　　（201101 上海市闵行区号景路159弄A座3楼 www.storychina.cn）
发　　行：上海文艺出版社发行中心
　　　　　（上海市闵行区号景路159弄A座2楼206室）
印　　刷：上海中华印刷有限公司
开　　本：889毫米x1194毫米　1/32　印张7.875
版　　次：2023年2月第1版　2023年2月第1次印刷
I S B N：978-7-5321-8475-0/I·6687
定　　价：35.00元

故事会 大众文化 出版基地
® www.storychina.cn

上海故事会文化传媒有限公司 出品（01096）www.storychina.cn

想看更多精彩故事？
扫码下载故事会APP

上海故事会文化传媒有限公司所有图书可办理邮购,免收邮费(挂号除外)
汇款地址：上海市闵行区号景路159弄A座2楼206室（201101）
收款人：上海故事会文化传媒有限公司出版发行部
联系电话：021-53204159
如发现本书有质量问题，请与印刷厂质量科联系 T:021-60829062